《这本书好吃吗·村上春树是个吃货》

《这本书好吃吗·苏轼真吃到那么多美味了么?》

《这本书好吃吗·鲁迅先生的吃》

《这本书好吃吗·吃金瓶梅》

《这本书好吃吗·商业社会里的报菜名》

这本书，
好吃吗。

张佳玮 著

华东师范大学出版社
·上海·

图书在版编目（CIP）数据

这本书好吃吗 / 张佳玮著. — 上海：华东师范大学出版社，2021
ISBN 978-7-5760-1890-5

Ⅰ.①这… Ⅱ.①张… Ⅲ.①随笔—作品集—中国 Ⅳ.①I267.1

中国版本图书馆 CIP 数据核字（2021）第 118628 号

这本书好吃吗

著　　者　　张佳玮
责任编辑　　顾晓清
特约校对　　王希铭
内文插画　　赵睦平
封面设计　　與書工作室

出版发行　　华东师范大学出版社
社　　址　　上海市中山北路 3663 号　邮编　200062
网　　址　　www.ecnupress.com.cn
客服电话　　021—62865537
网　　店　　http://hdsdcbs.tmall.com/

印 刷 者　　杭州日报报业集团盛元印务有限公司
开　　本　　889×1194　32 开
印　　张　　7.75
插　　页　　4
字　　数　　123 千字
版　　次　　2021 年 7 月第 1 版
印　　次　　2021 年 7 月第 1 次
书　　号　　ISBN 978-7-5760-1890-5
定　　价　　55.00 元

出 版 人　　王　焰

（如发现本版图书有印订质量问题，请寄回本社市场部调换或电话 021—62865537 联系）

目 录

吃三国 1

吃西游 10

吃儒林 20

吃水浒 39

吃金瓶梅 57

《红楼梦》里,谁吃饭最有味儿 66

苏轼真吃到那么多美味了么? 71

《浮生六记》中苏州的吃 87

大侠们吃什么? 95

鲁迅先生的吃 107

老舍的吃 119

阿城的吃 131

沈从文与汪曾祺 138

莫言与他笔下的肉 150

《许三观卖血记》：

流泪微笑着，从头吃到尾 157

吃海明威 166

巴尔扎克和大仲马 175

村上春树是个吃货 190

商业社会里的报菜名 200

莎士比亚、狄更斯与奥斯丁 209

《荷马史诗》中的吃 219

《我的叔叔于勒》的牡蛎 225

吃《冰与火之歌》......232

后记 241

吃三国

《三国演义》这书,背景不是庙堂便是沙场,事关军国大计,日常生活的细致描写便少,论不到什么赏心悦目的吃喝。宴会倒是不少,但多是宴无好宴,勾心斗角,动不动席间刀光剑影,帐后暗藏刀斧手,吃的花样也不多,最多喝个酒。

关羽温酒斩华雄一折,正史没有,纯属虚构。无非为了描述十八路诸侯狗眼看人低,曹操慧眼识英雄,关羽武威惊天地,为日后关羽降汉不降曹做伏笔。妙在正史上华雄死在191年初春,那时河南天气还凉,则关羽出营斩将,马归辕门,其酒尚温,真是快。如果是诸葛亮七擒孟获那种炎热气候下,温酒斩将就没那么惊人了。关羽来去如风,这一口得胜酒喝得痛快,读者看得也爽脆。

后来张飞丢徐州,起因是催曹豹喝酒。这一段写来场景如画:张飞劝酒,曹豹不喝,张飞威逼"我要你吃一盏",曹豹勉强喝了;张飞再劝,曹豹真不能喝了,张飞说了句千古劝酒妙句:

"你恰才吃了，如今为何推却？"

完全没有道理，听来却又难辞。可见强迫式劝酒古已有之，如今依然：逼酒者不为了尽兴，只为了看他人受驱使，满足自己的控制欲罢了。

青梅煮酒论英雄，大概是《三国演义》里最华丽铺陈，却内里刀光剑影的一段文字。恰如当日的气候，雷隐隐雾蒙蒙，最后一雷惊天。

曹操拉刘备喝酒，二位二十年后鼎足三分的对手，此时一个寄人篱下，一个被群雄环伺。刘备处处谦让，曹操豪气干云。饮酒赏梅，天边龙挂，曹操说世之英雄，如龙能大能小，能升能隐。

升，那是他自己；隐，其实暗合了刘备。英雄的两种形态，都出来了。

刘备只顾装糊涂，说袁术，道袁绍，举孙策，谈刘表。被曹操用冢中枯骨、色厉胆薄、借父之名、虚有其表，一一说过去了。

终于最后，曹操指指刘备，指指自己：

天下英雄，唯使君与操耳。

一雷劈下，刘备落箸，好在遮过去了。

这段哪来的呢？

《三国志》原话：

"是时曹公从容谓先主曰：今天下英雄，唯使君与操耳。本初之徒，不足数也。先主方食，失匕箸。"

"华阳国志云：于时正当雷震，备因谓操曰：圣人云'迅雷风烈必变'，良有以也。一震之威，乃可至于此也！"

罗贯中就给用起来了。

至于曹操怎么想到青梅煮酒的呢？小说里提到，因为他想到了望梅止渴的往事——这却是另有典故了：

《世说新语·假谲》，有所谓："魏武行役，失汲道，三军皆渴，乃令曰：前有大梅林，饶子，甘酸，可以解渴。士卒闻之，口皆出水，乘此得及前源。"

罗贯中一定是觉得这情节很风雅，于是让小说里的曹操，回忆起了征张绣时望梅止渴，顺便青梅煮酒，跟刘备论了英雄。两个故事，无缝连接了。

在望梅止渴的故事里，青梅甘酸可以解渴。这会儿曹操青梅煮酒时，这么处置：

"随至小亭,已设樽俎,盘置青梅,一樽煮酒。二人对坐,开怀畅饮。"

曹操故乡沛国谯,有"九酝春酒"。正史里,曹操把这法子提给汉献帝:酒曲三十斤、流水五石,趁腊月二日渍曲,正月冻解,用好稻米,漉去曲滓。三日一酿,满九斛米止。

曹操还提出改进法:如果觉得三十斤酒曲对付九斛米,出来的酒太苦了,就再加一次:这样出来的酒味不苦,甘甜些,不错。

大概曹操比较爱喝甜口的酒。这样的甜口酒搭配青梅,酸甜适中,想起来就好喝吧。

所以也难怪曹操"何以解忧唯有杜康"了:自己加工调制过的甜口酒,可不就喝得起劲么?

还是三国里,另一个梅子故事:孙权的儿子孙亮,想吃蜜渍梅,发现蜜中有老鼠屎,于是靠他的聪明破案,发现这中间有一段陷害的阴谋——后面不展开了,倒是蜜渍梅这个细节很有趣。蜜渍梅的过程,也就是梅子排水吸糖的时候:不止让梅子更甜,口感也会发生变化。大概三国时,大家也挺欣赏这份酸甜可口吧？

说到甜食，袁术是《三国演义》里的大丑角。历史上本来也是叱咤一方的人物，可惜脑子一热称了帝，瞬间成为众矢之的，土崩瓦解之余，忘不了锦衣玉食。临死前袁术问厨子要蜜水喝，厨子愤然回了句："只有血水，哪有蜜水！"

三国时还没流行蔗糖，那时取甜，主要是从蜂蜜和麦芽糖里找。麦芽糖就是饴，东汉明帝驾崩，马皇后成了马太后，大臣疑心她要专权，太后就说，咱以后就含饴弄孙了——含着麦芽糖逗逗孙子，这就能过日子了。

历史上三国有方士左慈，擅长房中术，还被曹操收编了。《三国演义》里，却将之说成是个神仙中人，跑到酒席前，戏耍曹操。

当时厨子端来鱼脍，左慈说，鱼脍非得松江鲈鱼者才好吃，又说必须用紫芽姜才能烹。说着说着，靠法术将鲈鱼和紫芽姜都变出来了。紫芽姜是嫩生的姜芽，脆香，不比老姜老而弥辣。用来配鲈鱼脍，确实好吃。东汉三国时人，也确有吃鱼脍的习惯：比如陈登陈元龙这令曹操和刘备都欣赏的湖海之士，就是吃鱼脍太多，得了寄生虫病。

再后来《世说新语》里，张翰张季鹰见秋风起，想念吴中家乡的鲈鱼脍和莼菜羹，感叹人生应该求适意，怎能千里求名爵，于是辞职回家了。罗贯中这里用鲈鱼脍的典故，未尝不是借左慈之口，试图提醒曹操功成身退、享受人生的意思呢。

曹操与杨修的鸡肋典故，天下皆知。鸡肋二字遂被永远定义住了：食之无肉，弃之有味。但李碧华后来写《潮州巷》，说懂行的人最爱吃鹅颈：食髓知味。肉不多，但有味。后世爱吃鸭脖鹅掌之类的，未尝不是冲着这点口味。

曹操在自己的酥盒上，写了"一合酥"；杨修看懂了，带众人吃了曹操的酥，还跟曹操解释，"一合酥"拆字解读为"一人一口酥"，很妙。但这个故事，也只能发生在曹操身上，孙权或孟获就轮不到了：酥是塞北酥酪，也只有统一北方的曹操才吃得到。在古代缺乏乳制品的时代，酥算是难得的乳制甜品了。

后来野史传闻，唐玄宗跟杨贵妃调情，说她刚出浴的胸部是"软温新剥鸡头肉"，拿鸡头米这个江南产品来调戏杨妃；北方人安禄山凑趣，立刻连一句"滑腻初凝塞上酥"，刚凝结的酥酪,也符合安禄山的身份。

诸葛亮七擒孟获,平了南蛮,班师回朝,鬼魂们拦着泸水不让走,非要拿四十九颗人头来祭,有点土匪路霸的意思。丞相上知天文下明地理,发明个木牛流马十矢连弩都是翻手之间,何况对付区区妖鬼?随便拿点面团,中藏牛羊猪肉,再写篇祭文,就把鬼们哄走。大概鬼们也比较现实:血淋淋一颗生人头,哪有面里裹了肉馅好吃?据说此物就叫做"馒头"了。您看丞相真是流芳后世恩泽大众,发明个馒头都让我们开心。虽然我很怀疑此事的真实性:众所周知,我国人民太喜欢诸葛亮,什么事都爱说是他发明的。

在我家乡方言里,馒头与包子混用,包子和汤包也不加区别。因此有人去菜市场吆喝一嗓子让他"带点馒头回来",结果时常牛头不对马嘴。细想大略共识如下:蓬松白软无馅的是馒头,蓬松发酵有馅的是包子,基本不发酵皮薄有汤的叫汤包。我家乡多小笼包,别处大概叫小笼汤包,然而本地话常叫作小笼馒头,外地朋友听了,时常瞠目不解。

诸葛亮说是发明了馒头,但自己吃得并不多。有个情节,

《晋书》与《三国演义》都载了：诸葛亮最后一次北伐中原，在五丈原与司马懿对峙，司马懿闭门不出，被诸葛亮送了女衣也忍辱不动，却问使者：诸葛亮吃多少？使者说诸葛亮一天吃三四升米，而且事必躬亲，什么都管。司马懿很高兴，觉得诸葛亮吃得少，活不长了：

"诸葛亮食少事烦，其能久乎！"

一天吃三四升是多是少？正史上，邓艾建议在淮南屯田时，说三千万斛粮，可以支十万军用五年。依此计算，则一军一年吃六十斛。大概唐朝之前，一斛＝十斗＝一百升。则一个士兵一年粮食六千升，一天合十几升。当时魏国给老人的口粮则是所谓"给廪日五升，五升不足食"。

而诸葛亮一个身高八尺——约合如今一米八开外——的山东大汉，一天吃的还不如一个老人多，还要事必躬亲地管事？这身体状况，可想而知。终于鞠躬尽瘁死而后已，之后就星落秋风五丈原了：唉。

这就不免说到诸葛亮出茅庐之前了。《三国演义》虚构了一个极飘逸的情节。当日刘备二顾茅庐，半路遇到一个酒肆，里头有诸葛亮的二位好友拥炉赏雪，饮酒唱歌，好不快活。设若诸葛亮不出山，想必也是这样自在一世，白发渔樵江渚上，惯看秋月春风吧？他出山时，罗贯中写："只因先主丁宁后，星落秋风五丈原。"诸葛亮一去不回头，最后殁世之后，留下的财产，也就是成都八十株桑树，十五顷田。所以丞相这辈子鞠躬尽瘁，苦心孤诣，先帝之恩，托孤之重，连口吃的都没好好享用，着实让人感怀。真是鼎足三分浑如梦，后人凭吊空牢骚。

吃西游

两个小妖怪——小钻风和张佳玮一边巡山,一边闲聊。

小钻风道:咱家大王逐日里,不避生腥,但有便吃。怎的吃这唐僧,却要备蒸笼来?

张佳玮道:第一桩,唯蒸吃能得真味。袁枚《随园食单》云,鲫鱼可煎吃,拆肉作羹,亦能煨之,骨尾俱酥,然总不如蒸食之得真味也。唐僧肉亦然,蒸了吃才香。

小钻风道:耶!咱大王又不是倪云林、袁子才那等秀才。与我等小卒大碗喝酒,大块吃肉,煎炒烹炸,岂不快活!却为何偏要细吃个蒸唐僧!

张佳玮道:第二桩,唯蒸吃能不损效用。吃那唐僧肉,不独填一时肚腹,却是为了长生不老。诸般吃法,唯蒸食不沾油腻辛香,不会炒焦烤糊。倘若爆炒唐僧吃了,长生不老变了折寿三百年,岂不可惜?

小钻风道：耶耶，既是如此，咱大王生吞了唐僧，岂不更得了全副好处？比蒸吃又少些麻烦。

张佳玮道：第三桩，唯蒸吃能让唐僧完体不被割碎。

你想倘若大王要煎炒烹炸，少不得将唐僧洗净、刮毛、去皮、飞水、腌渍、裹浆、勾芡、剔骨、抽筋，将唐僧抹酱来炙烤，白煮蘸蒜泥、带皮炒豆苗、上浆裹油炸——无论哪种吃法，唐僧都是零碎了的。

小钻风鼓掌道：好得很！妙得很！这等大王碎炒了唐僧，咱们也分一份肉臊子来拌面。大王长生不老，俺们也延年益寿个三五万年，岂不美哉？

张佳玮一口唾沫直吐到小钻风脸上，道：

啐！你个拙物！倘若将唐僧这么切碎了煎炒烹炸，哪里还能保证完体？唐僧出了大唐，几步就被切碎了，孙悟空哪里能救他？既然孙悟空救不了唐僧，西游早就结束了，哪里有咱二人出场的机会！快些安心巡山，不要问东问西，等孙猴子来，咱们哎呀一声，就此被打死，就好去下一座山跑龙套了！

所以，大概就是这么回事：

唐僧必须被蒸吃，可以是因为妖怪喜欢口味纯正，可以是因为妖怪怕影响疗效。

但从结果反推原因：妖怪执着于蒸吃，方能保证唐僧始终是整块儿，能保证唐僧哪怕被捉了，也能留着性命，等孙悟空去救。所以蒸吃唐僧肉，实在是《西游记》情节得以延续的关键。任一个大王决定把唐僧做回锅肉吃了，小说都编不下去了。

自然，除了蒸唐僧肉外，《西游记》，也有些别的吃的。

话说故事开头，石猴跳进水帘洞，为猴子们谋了片洞天福地。猴子们很开心，吃一堆果子：樱桃梅子，鲜龙眼火荔枝，林檎枇杷，兔头梨子鸡心枣，香桃烂杏脆李杨梅，西瓜柿子，石榴芋栗。还提到胡桃银杏可传茶，是《金瓶梅》里格局；椰子葡萄能做酒，很妙。其他榛松榧柰橘蔗柑橙，熟煨山药、烂煮黄精、捣碎茯苓并薏苡：清爽甜美有味道。

所以作者也写：人间珍馐，不及山猴快活呀。我估计素食主义者到花果山来，一定如鱼得水。

后来孙猴子吃东西，就是以果酒为主。吃个清爽鲜美，不比梁山好汉，大块吃肉，图个痛快。封了齐天大圣，依然在蟠桃园偷吃仙桃，也是猴子本性。大闹蟠桃会，说是吃了仙酒佳肴，其实还是偷喝酒为主。那佳肴无非龙肝凤髓熊掌猩唇，取个珍奇罢了。我只奇怪一点：这蟠桃会要吃龙肝，是虚写还是实写？如果实写，恐怕四海龙王要色变震恐了：

妈呀！哪吒当年闹海，不过是抽了龙王三太子的筋；这天庭，那是真吃我们龙类的肝啊！

孙猴子犯了大罪，压在五行山下，被安排只能吃铁丸子喝铜汁；他未来两位师弟沙僧与八戒，当时还没法名，都只是吃人为生。八戒先前是吃荤的，对着观音菩萨，都要扬言"还不如捉个行人，肥腻腻的吃他家娘！"被菩萨点了句"世有五谷，尽能济饥"，这才似梦方觉，开始吃谷物了。

唐僧西行取经，先遇了老虎，被刘伯钦救下。老刘拿了烂熟虎肉，热腾腾请唐僧吃。唐僧不肯。老刘说了难处：哪怕那些竹笋木耳、干菜豆腐，也是动物的油来煎，实在难做素菜。老刘的母亲冰雪聪明，将锅刷干净了，榆树叶子煎了茶汤，煮了干菜与黄粱米饭，请唐僧吃。旁边老刘还吃些没盐没酱的虎肉鹿肉、蛇肉兔肉，算是陪唐僧吃斋。

其实僧人该不该吃肉，实在说来话长。最初的比丘是讲究不杀生，不食荤，没说不让吃肉，还是可以有三净肉吃的——荤这个字，最初是指葱姜这类有气味的菜。

后来梁武帝开始，僧人才慢慢不吃肉了。然而唐僧就这么死守规矩：荤油肉食，一律不吃。于是他的吃饭问题，在西游途中，实在棘手。每次他一提出饿了，要徒弟化斋来吃，往往就是一个妖怪预备着，要乘机动手了……

观音禅院里，老和尚要摆阔，请唐僧喝茶：拿出一个羊脂玉的盘儿，有三个法蓝镶金的茶钟。三杯香茶色艳味香，唐僧赞不绝口。老和尚趁势将唐僧一军，问他有什么宝贝，这才引出唐僧的宝贝袈裟来。古代出家人不好太摆世俗排场，便常在茶器上显高下。《红楼梦》里妙玉，也是如此：请贾宝玉林黛玉薛宝钗喝茶，便拿出珍奇器皿来。

师徒二人到高老庄，高家人诉苦说，猪八戒一顿要吃三五斗米饭，吓死人。战国时廉颇为了显得自己还行，一顿饭吃了一斗米。诸葛亮临终那年秋天，一天也就吃三四升。猪八戒一顿三五斗，一天吃的，怕得抵诸葛亮一个月。

猪八戒后来拜了唐僧为师，第一句话就是："今日见了师父，我开了斋吧！"真是本性流露，都在一个吃上了。后来到王家投宿吃饭，唐僧还在念《斋经》时，八戒早已吃了三碗。悟空说猪八戒是个馕糠饿鬼，可谓对极了。

猪八戒这吃得急的毛病，后来在五庄观，果然出问题。人参果世间至宝，悟空与沙僧晓得细嚼慢咽，偏八戒一口下肚，没品出滋味，还得厚着脸皮求大师兄，再去偷一个来：当世珍宝，被猪八戒当甜点果子看待。

清风明月二道童发觉丢了人参果，要抓师徒四人，却假意请吃饭。连饭带菜，格外丰盛：酱瓜、酱茄、糟萝卜、醋豆角、腌窝蕖、绰芥菜，来请师徒四人吃。细看来，都是酱腌醋泡的。

古代科技所限，新鲜蔬菜难得，人民都掌握了一手腌制久藏、味道翻新的能耐。汪曾祺先生写老年的酱园子，许多兼卖酱菜的，那是就地取材；日本人也极重酱菜：大概以米为主食的民族，都喜欢这个吧。米饭酱菜，悠长有味。我外婆当年腌萝卜、腌酱瓜、腌茄子，格外多放些盐。我问为啥，老太太笑说是老规矩了：

"这样吃咸一点，一口酱菜，多抵得了几碗饭！"

师徒四人后来吃的最好的一顿，还是在西梁女国，唐僧假意入赘，去当女王夫婿，婚宴之上，猪八戒吃了个痛快：

也不管什么玉屑米饭、蒸饼糖糕、蘑菇香蕈、笋芽木耳、黄花菜石花菜、紫菜蔓菁、芋头萝菔、山药黄精。

毕竟是国宴，比道观里的糟萝卜醋豆角，格局华丽多了。这一顿放到《红楼梦》里请史老太君吃，应该都吃得。猪八戒也算是大大地过了瘾：可惜师父招亲，也就这一回，二师兄没法天天放怀大吃。

历来素斋，都有以素代荤的玩法。如豆制品假作素鸡素肉，调个味道也罢。盘丝洞蜘蛛精们却是丧尽天良：人油炒炼、人肉煎熬，熬得黑糊充作面筋样子，剜的人脑煎作豆腐块片。以荤代素，吓死个人。唐僧险些被坑了。

蜘蛛精们的师兄，倒很聪明：清茶里下了毒枣子，来骗唐僧师徒吃。茶里下果品的吃法，是宋明时民间惯例，《水浒》、《金瓶梅》里都是有的。普通人吃个甜爽解渴，唐僧就着了道儿，中毒便倒。若是《红楼梦》里妙玉来喝，定要皱眉觉得茶里下了果子，味道不清净，不肯吃的。

老鼠精要抓唐僧成亲，做的饭也是曲意逢迎。王瓜瓠子，白果蔓菁。镟皮茄子，剔种冬瓜。烂煨芋头糖拌着，白煮萝卜醋浇烹。椒姜辛辣，料下得足，又是一番风味。

论食材,这一顿不如女儿国那一顿华丽,略显家常。但好在用心:茄子去皮才软,冬瓜去籽口感才匀整,糖拌芋头很妙,白煮萝卜淡了?浇醋吧!——食材处理得很是用心。全《西游记》论细腻,这一桌算吃得第二好了。

第一好呢?就是后来樵夫请师徒四人吃的:

嫩焯黄花菜,酸虀白鼓丁。浮蔷马齿苋,江荠雁肠英。燕子不来香且嫩,芽儿拳小脆还青。烂煮马蓝头,白熝狗脚迹。猫耳朵,野落荜,灰条熟烂能中吃;剪刀股,牛塘利,倒灌窝螺操帚荠。碎米荠,莴菜荠,几品青香又滑腻。油炒乌英花,菱科甚可夸;蒲根菜并茭儿菜,四般近水实清华。看麦娘,娇且佳;破破纳,不穿他;苦麻台下藩篱架。雀儿绵单,猢狲脚迹;油灼灼煎来只好吃。斜蒿青蒿抱娘蒿,灯蛾儿飞上板荞荞。羊耳秃,枸杞头,加上乌蓝不用油。

这么一桌野菜,风味独具,显然是《西游》第一素斋。中国古代风雅人,都讲究闲情野趣。这一桌的精致,又比西梁女国那桌国宴秀雅得多。

只是想来猪八戒也吃不懂,大概还是跟吃人参果似的囫囵下肚,可惜可惜。

题外话。许多人都念叨:为什么猪八戒吃素,还那么胖呢？

稍微懂点营养学就知道，吃素食，并不能保证会瘦。猪八戒吃素，但碳水化合物摄入显然过量了。一顿十来碗米饭，一顿早饭百十个烧饼，可怕。

唐僧师徒此去西天，要走十万八千里路，五万四千公里。唐僧师徒合计走了十四年，平均每天，走不到十一公里。去问问健身教练：一人每天走十一公里，每顿饭放开猛吃常人十倍分量的碳水化合物，身材会如何？——所以嘛，八戒实在也是胖得理所当然。

话说回头看来，《西游记》某些近于杂耍的热闹吃法，其实暗藏着一份玩世之心，一份轻盈的戏谑。

道家孜孜以求的金丹？嘿嘿，就让猴子如吃炒豆一般吃了吧！

西王母的蟠桃，传说中的神品？嘿嘿，就让猴子一口一个吃了吧。

让猴子化作个医生，给朱紫国国王玩悬丝诊脉；再用锅底灰和马尿，给国王治病！

猪八戒当了净坛使者？是因为他够能吃！

这些设定，细想来充满了玩笑意味。

大概这就是《西游记》小说的精神：将佛教道家、仙人神话，一切高尚的、认真的、严肃的、庄重的，都变成了猴子与猪的轻盈玩笑。

　　就因为这份戏耍心，才显得一路欢乐的故事里，似乎处处藏着诙谐与幽默。毕竟，连大禹治水的定海神针，都可以开个玩笑，变成个猴子用的金箍棒呢。

吃儒林

《儒林外史》里，有许多清朝读书人日常的饮食。

所以聊这本书前，容我先跑个题，扯下另外三位：写《闲情偶寄》的李渔，写《陶庵梦忆》的张岱，写《随园食单》的袁枚。

李渔李仙侣，字谪凡，号笠翁——一看这字号，世外仙人的派头就出来了。他老人家写剧本，懂生活，爱吃螃蟹，还写出了《肉蒲团》这等艳情作品来，一辈子也算造了个舒服。他老人家对吃的理解，也一并在《闲情偶寄》里说了，大致偏好如下：

——好自然。他强调声音之道，丝不如竹，竹不如肉，都是渐近自然的缘故。同理，饮食之道，脍不如肉，肉不如蔬：因为蔬菜比较接近自然嘛。

——蔬菜好在清洁芳馥松脆，最妙的是个鲜。笋是最鲜的，其次就是蕈菇类了。

——瓜茄芋等果实类，可以兼当饭。山药是蔬菜里的全才。

——葱蒜韭菜，气味太重。蒜绝对不吃，葱可以做调料，韭菜只吃嫩的。萝卜也有气味，但煮了之后吃，也能将就。

——面要有味，面汤得清，这才叫吃面。所以他自己发明了五香面和八珍面：和五香面时，就把煮虾焯笋的汤，连同酱醋芝麻屑等调在一起。如此和出来的面，只用滚水来下，就很鲜了。八珍面同理：鸡鱼虾晒干，和笋菇芝麻花椒等磨粉和在面里……

——号召大家少吃肉。牛肉与狗肉不该吃。产卵期的鸡不要吃，分量不到一斤的鸡不要吃……

——可是说到吃鱼，老先生立刻眉飞色舞：吃鱼要讲究新鲜。鲜鱼适合清汤，肥的适合炖着吃；虾是荤菜必需，譬如笋是蔬菜必需似的，因为鲜！

——当然，最妙的是蟹：李渔只求能与蟹相伴一生，还强调：蟹本身味道丰富，绝对不能胡乱加工！蟹是万物中最好吃的！

您一定发现了，李笠翁口味比较清淡。喜欢笋菇山药清汤面虾蟹，讨厌重口味。嘴里说着最好别杀生，但念叨到鱼虾蟹，就忘乎所以……骨子里，还是个深入生活的江浙读书人。实际上，江南读书人不喜欢葱蒜，也不止他一人。大学者赵翼是常州人，虽然豪迈起来就"江山代有才人出，各领风骚数百年"，但在吃葱蒜方面就很偏激，一度说吃了葱蒜的人，出汗味道犹如牛马粪。

　　李渔的浙江老乡张岱，大他十四岁，年少时也是风流快活，吃起东西来也生猛。他也爱吃蟹，且与李渔观点类似：蟹就是不加盐醋而五味全的神物。

　　张岱在《陶庵梦忆》里吹嘘说，自己吃十月秋蟹，壳如盘大，紫螯跟拳头那么大，小脚肉出还油油的。掀蟹壳，膏腻堆积，如玉脂珀屑，团结不散。当时他跟朋友们，每人六只蟹吃下去，还要肥腊鸭、牛乳酪、醉蚶和鸭汁煮白菜。吃完还要水果：谢橘、风栗、风菱。玉壶冰酒，兵坑笋，新余杭白米饭，喝兰雪茶。吃到酒醉饭饱，惭愧惭愧。

　　——这一顿饭，如果让他拉上李渔，估计能吃得天昏地暗吧。

　　张岱还说过一次惭愧，那是形容吃笋：他读书的天镜园前水上，有笋船经过，喊园中人一声"捞笋！"笋搁水里，走了；园丁划船捞了笋：形如象牙，白如雪，嫩如花藕，甜如蔗霜。煮来吃了，无法形容，只有惭愧。

爱吃笋，爱吃蟹：得，张岱和李渔，不愧都是浙江人。

除了吃蟹吃笋，张岱的口味整体也很清淡。他自己说越中清馋，无人胜过他，自己列过一堆，跟报菜名似的：

——北京则苹婆果、黄鼠、马牙松；山东则羊肚菜、秋白梨、文官果、甜子；福建则福桔、福桔饼、牛皮糖、红腐乳；江西则青根、丰城脯；山西则天花菜；苏州则带骨鲍螺、山查丁、山查糕、松子糖、白圆、橄榄脯；嘉兴则马交鱼脯、陶庄黄雀；南京则套樱桃、桃门枣、地栗团、窝笋团、山查糖；杭州则西瓜、鸡豆子、花下藕、韭芽、玄笋、塘栖蜜桔；萧山则杨梅、莼菜、鸠鸟、青鲫、方柿；诸暨则香狸、樱桃、虎栗；嵊则蕨粉、细榧、龙游糖；临海则枕头瓜；台州则瓦楞蚶、江瑶柱；浦江则火肉；东阳则南枣；山阴则破塘笋、谢桔、独山菱、河蟹、三江屯坚、白蛤、江鱼、鲥鱼、里河鲻。

——看着五花八门，但您一定也发现了，这里头基本是各色水果、藕、栗、菱。偶尔有鱼脯、火肉、红腐乳这些小零食。

整体而言，的确是"清馋"。张岱和李渔，都爱吃口清淡有味的，加点地方风味零食。典型的读书人口味。

确切地说，是有钱人家的读书人口味。

如袁枚著名的《随园食单》，基本就是清朝中叶江南读书人的饮食规范了。里头时不时鄙夷几句商家做饭的品味，又炫耀几句：我看钱观察家夏天用芥末、鸡汁拌冷海参丝，就挺好嘛！鱼翅不能放太少，不然乞丐卖富，反落笑柄！还认为菜色该净若秋云，艳如琥珀。要脂鲜毕具，不走原味。所以袁枚也不爱吃火锅，认定火锅只有一个味道。

大概袁枚整体口味，那也是求个新鲜不落俗套，有品味。

说完这三位的清雅姿态，对比《儒林外史》，那就有意思了。

张爱玲说："从前相府老太太看《儒林外史》，就看个吃。"她所谓相府老太太，是李鸿章的养子李经方的妻子刘夫人：李先生刘夫人，夫妻二人都是安徽人。张爱玲的曾爷爷张印塘、奶奶李菊藕、奶奶的爷爷李鸿章，也都跟安徽关系深厚。而《儒林外史》作者吴敬梓就是安徽人，后来搬去了南京。所以大概，相府老太太读《儒林》，感受一下安徽故乡菜，也是有的？

吴敬梓自己祖上甚是了得，"家声科第从来美"。曾祖当过探花，祖父是个监生，书香门第。他十八岁中秀才时，爸爸去世，得了二万多两白银的遗产。按吴湘皋《外史·序》，吴敬梓"素不习治生，性复豪上"、"倾酒歌呼，穷日夜"、"生性豁达，急朋友之急"。是个仗义疏财的豪放性子；族人争夺财产，就说他是败家子。他到南京后，依然到处请吃请喝，所谓"四方文酒之士，推为盟主"。

所以吴敬梓是真正祖上阔过，也被排挤过。亲身接触了世态炎凉人情冷暖。故此，他写《儒林外史》时，颇有点愤世嫉俗。他一辈子吃喝饮宴不尽，然而写吃喝时，并不刻意写各色名点名菜，却专写各色儒生的嘴脸。

所以跟李渔、张岱、袁枚们风雅的吃不同：《儒林外史》里的吃，不为了摆风雅的谱，却是为了描绘读书人，这其中有富的有穷的，有雅的有俗的。吃起来，那就家常烟火得多啦。

《儒林外史》里唯一的完人，是开场自学成才、不恋富贵的大画家王冕。吴敬梓也不写他吃什么金樽玉盘，却写他吃些腌鱼腊肉，送人些柿饼子，非常朴实。朱元璋来见他时，王冕亲自烙了一斤面饼，炒了一盘韭菜，请朱元璋吃。面饼朴实，不必说了；韭菜香而有味，配烙饼嚼来，想着都有味道。但历来佛家觉得葱韭有气味，不肯吃。比起其他传奇中的风流高士，动不动餐风饮露的架势，王冕这烙饼韭菜，真正是接地气。且这顿韭菜烙饼，招待的还是朱元璋，民间菜拿来请君王，真是有趣极了。

王冕归隐之后，完人谢幕，其他乱七八糟的儒生登场。当日薛家集上一群乡民，去庵里说事，让和尚给他们预备苦丁茶、云片糕、红枣、瓜子、豆腐干、栗子、杂色糖，临了还一斤牛肉面。和尚也只能小心伺候着。中国人都说和尚庙，尼姑庵。但庵里未必是尼姑。古代寺庙从来功能多样：看花进香、拜忏道场、素斋饮茶，算是个社交场所。所以大庙方丈都有财有势，还能把庙周遭土地拿来出租；小地方的庵可怜巴巴，更多依靠当地人的布施，和尚伺候起来，那也是战战兢兢。

周进一个老秀才，被请去当了乡民小孩的老师，也是没法子：古代没上仕途的秀才，许多都是一边找老师做，一边继续读书。周进当老师还算体面，还被请了一顿。那一顿席上，周梅二位秀才茶杯里有红枣，席上其他人都是清茶：这多出来的红枣，就算乡民对知识分子的敬重了。小镇上的菜，花样不多：猪头肉、公鸡、鲤鱼、肚肺肝肠，很实在。周进因为吃斋，只肯吃实心馒头和油煎扛子火烧；又怕汤不干净，讨了茶来吃点心：谨慎又迂腐，跟唐僧差不多。按说他是这一席的主角，结果猪头肉公鸡鲤鱼都便宜了凑席的其他人，也是苍凉又滑稽。

全书第一个暴露嘴脸的举人，是路过周进处的所谓王举人。张嘴自称都是"俺"，自称考试时写文章是神仙托梦，怎么看都不像个文化人，倒像个暴发户。吃酒饭鸡鱼鸭肉，也不让让周进。吃了一地鸡骨头、鸭翅膀、鱼刺、瓜子壳，真是有辱斯文。周进自己却是一碟老菜叶，一壶热水，可怜见的。考场运气好不好，立刻就比出了境地高下，可见当时的考试制度，真也毁人不倦。

后来周进自己中了，富贵了，寻思自己老来才中，对老考生颇怀同情。看范进五十四岁，连个秀才都没中，同病相怜，格外有好感，于是提点了范进。范进中了秀才后，丈人胡屠户提了大肠与酒，前来教训他。猪大肠本身好吃，安徽与南京都有浓油赤酱红烧大肠的吃法。只是动物内脏，历来不算上酒席的好菜。猪大肠配秀才，也很滑稽，但也是屠夫做得出来的事。

等范进后来中了举，丈人看他便是贤婿老爷了，立刻给他提高待遇：提着七八斤肉（不是大肠了），四五千钱，前来贺喜。范进一时高兴疯了，屠户丈人被大家哄着，打了范进一耳光，实在是千古妙笔。但贤婿老爷清醒后，丈人依然服服帖帖。这一段描写精彩至极，屠户丈人的现实也是清晰明白：中秀才，只配吃猪大肠，还要挨自己的教训；中了举人，就是贤婿老爷、天上星宿，要七八斤肉才配得上呢！打巴掌都不敢，要被上天怪罪的！

前头说，明清时节，和尚颇为世俗。果然后来就有何美之请和尚吃酒吃肉的情节。理由是"前日煮过的半只火腿，已经走油了，不如吃了吧"，就切来吃了。

火腿历来在中国菜里地位微妙：猪腿加大粒子盐风干，等候微妙化学反应。用来做主菜，似乎主要是蜜蒸火方之类好吃；做借味菜，给其他大煮干丝鸡包翅之类调味，无往而不利。走油的火腿，直接煮了切片下酒吃，也算经济实惠，果然是连和尚都无法抵御的诱惑啊。

范进到县里，先遇到严贡生，见他食盒里九个盘子：鸡、鸭、糟鱼、火腿之类。糟鱼火腿耐于储存，搁在食盒里，比汤汤水水的方便。一个贡生，都比没中举之前的范进要阔气，吃得要体面，世态人情，都在眼里。

汤知县请范进吃饭，又是一套格局：燕窝、鸡、鸭，广东出的柔鱼苦瓜。然后出了极喜剧的一幕：

范进当时正在守丧，先不肯用银餐具，又不肯用象牙筷，换了竹筷才罢。知县疑惑他守丧如此严格，担心他不肯吃荤，一时可来不及整备素菜，看范进先从燕窝碗里夹了个大虾丸子，知县才放心。这情节好玩极了：大概对穷书生而言，居丧守礼再怎么迂腐拘谨，终究不如虾丸子的诱惑大。

严贡生看似是个读书人，其实是无赖本性。坐船时有些晕船，吃了云片糕就好些，顺手把云片糕搁在船板上；掌舵的随手拿来吃了，被严贡生反过来讹诈。掌舵的以为云片糕不过是瓜仁核桃、洋糖面粉——我小时候过年，吃的也是这玩意，一般是拜年间隙用来当点心的。不料严贡生嘴大没边，说云片糕的材料是张老爷的上党人参、周老爷的四川黄连，吹得他这云片糕珍贵之极，快要胜过薛宝钗的冷香丸了。大肆忽悠一番，也只为了免点船钱，真是恶劣之极。

邹吉甫是个安徽乡间居住的老人，给娄府二位公子送礼物：布口袋里装了炒米豆腐干。这细节写得真好。

郑板桥曾说："天寒冰冻时暮，穷亲戚朋友到门，先泡一大碗炒米送手中，佐以酱姜一小碟，最是暖老温贫之具。"郑板桥是扬州人，与南京、安徽吃法，有类似之处。炒米不珍贵，但方便，各家都有，热水一泡就能吃，胜过临时煮面。豆腐干则更是安徽、南京、扬州都做得好。豆腐据说出自淮南八公山，至今有些安徽馆子里吃吊锅豆腐，都会叫"八公山豆腐"。豆腐干用来就茶，是以前安徽与扬州都有的习俗：取其香，取其耐嚼，取其简单有味。安徽界首茶干天下皆知，扬州人则素来讲究吃干丝：讲究点的就火腿鸡皮来大煮干丝，随意一点的便热水烫了干丝后浇三合油。总之，炒米与豆腐干都算土产，扎扎实实地好吃，也符合邹老先生的安徽乡民身份，这里真是写得用心了。

马二先生是《儒林外史》里最可爱的人儿。一个选书为生的先生，感觉像现在编教材编题集编《五年高考三年模拟》的老师。虽然迂腐，却是古道热肠。蘧公孙请他吃饭，也是家常菜：一碗鸭，一碗煮鸡，一尾鱼，一大碗煨烂的猪肉。马二先生豪爽实在，拿了筷子，对蘧公孙道："你我知己相逢，不做客套；这鱼且不必动，倒是肉好。"

——本文开头提到了李渔，号召不杀生不吃肉，却爱吃鱼虾。可见明清时，越是自诩风流读书人，越喜欢吃鱼虾；

越是市井好汉，越爱吃肉。马二先生豪爽不拘泥，就吃肉吧。这里细想，也有缘故，按当日习俗，整条鱼讲究卖相，端上桌来，如果动过筷子，便不好再吃；马二先生那意思：鱼就算了，肉煨烂了，本来就不重卖相，不吃白不吃。果然四大碗饭，把烂肉吃得干干净净，壮哉！

就是这碗饭的交情，后来马二先生自己破财，救下了蘧公孙。蘧公孙感激得五体投地，拜了他四拜，说马二先生是斯文骨肉朋友，有意气有肝胆，远胜过其他虚伪的假名士：这段话可算代作者发声的定评了。后来他送马二先生走时，备了些熏肉小菜：果然是知己，知道马二先生爱吃肉。

马二先生去西湖溜达，也不像寻常雅士，只顾喝茶吃莼菜。旁人看西湖是西湖比西子，淡妆浓抹总相宜；马二先生却看见了肥羊肉、滚热蹄子、海参糟鸭和鲜鱼馄饨。可惜他穷，就吃了一碗面一碗茶，买了两个钱的处片来嚼嚼；后来又橘饼、芝麻糖、粽子、烧饼、黑枣、煮栗子，吃了一路。

写到处片，也很有趣：那是处州的笋干，鲜而有味，且耐嚼。马二先生是处州人，在西湖他乡遇故知，当然要吃。浙江人吃笋花样最多，杭州有倒笃菜与笋片天作之合的片儿川，绍兴人则有鲁迅先生笔下的盐煮笋，临安则出笋干。清香脆爽，莫可名状。

后来马二先生遇到骗子洪憨仙。洪骗子本事不大，请吃饭分量却不差。一盘稀烂的羊肉，一盘糟鸭，一大碗火腿虾圆杂烩，一碗清汤。书中说"虽是便饭，但也这般热闹"。马二先生一路西湖边随走随吃，虽然不饿，但不好辜负，书里所谓"又尽力吃了一餐"，真是胃口好得很。值得一提的是：果然是到西湖边了，菜里风物也变，不是烂肉了，又是笋，又是虾，是李渔张岱都肯吃的那种席面。

《儒林外史》里第一号野心家是匡超人。本来孝顺淳朴，后来玩花样攀龙附凤，也让人感叹世态炎凉，能把个好人带坏。匡超人还是好孩子时，极为孝顺，剩的钱都买了猪蹄来煨着，晚上给爸爸吃：江浙这里吃猪肉，多少都有苏轼遗风，讲究耐心慢煨，老人家也能入口。后来匡超人更亲自磨豆腐杀猪去卖，又自己读书。鸡鸭鱼肉，都买来给爹吃，还时不时变花样，猪腰子猪肚子都有。自己中了秀才，父亲过世了，真是百感交集之时。

之后匡超人离开温州，到了杭州，结识了一群附庸风雅的假名士，也算看透了这些腐儒的本质。景兰江这厮，乍看是读书人，可是请匡超人吃饭，一钱二分银子的杂烩、两碟小吃：一是炒肉皮，一是黄豆芽。寒酸之极。如果马二先生这种食肉动物在旁看了，定然觉得嘴里淡出鸟来。

后来还是这批假名士，凑份子吃东西，依然穷酸得没眼看。胡三公子去鸭子店买肉，怕鸭子不肥，拔下耳挖来戳戳，看鸭胸肉厚，才买了。之后要买三十个馒头时，人卖一个馒头三个钱，还价两个钱，跟店里吵了起来，于是不买馒头，改素面了。最后又要了些笋干盐蛋熟栗子，用来下酒：一样荤的都没有！

最后一群人吃完了，胡三公子还让人取了食盒，把剩下的骨头骨脑和果子装了：也真不太像斯文人做的事。

之后匡超人遇到当地土豪潘三，待遇立刻天翻地覆。潘三骂那些假名士都是呆子，将来穷的淌屎：话虽粗鲁，听着痛快。他自己带匡超人到店里，张口叫切一只整鸭，来个海参杂脍，大盘白肉。真是威风凛凛。店里见是潘三爷，屁滚尿流，鸭和肉都捡上好极肥的切来，海参杂脍加味用作料，看着真舒心！后来匡超人结婚买房，都是潘三爷打点。虽然人家是个混混，但仗义每多屠狗辈啊！

可惜后来匡超人发达了，变心了，负心多是读书人，幸负了潘三爷。不知道他将来富贵时，还记不记得潘三爷请他吃的肥鸭白肉、海参杂脍呢？

牛浦是个浙江新安的少年郎，在乡下时陪爸爸吃笋干大头菜：这又是浙江风貌了。后来坐船时，恰好跟富贵人同行。人家吃饭规矩大：随从取了金华火腿洗了做菜，又买新鲜鱼、烧鸭、鲜笋芹菜来做饭。坐船的好处是随处有鱼买，火腿则是带在行囊里，久贮不坏，随时可以拿来做菜，这家人吃饭也算讲究。相比起来，牛浦就只有一碟萝卜干一碗饭。高下立见。

也难怪牛浦后来寻思冒名顶替、攀龙附凤了：人家就在你眼前洗火腿买鲜鱼，你却只有萝卜干吃！谁受得了这份刺激！

故事背景移到了南京。鲍文卿这人虽是戏子，在古代被看做下九流，却是真正讲礼数的正人君子，远胜过前文那些腐儒。请倪老爹修琴，怕怠慢了，请上了酒楼去。跑堂的报菜名：

"肘子、鸭子、黄闷鱼、醉白鱼、杂脍、单鸡、白切肚子、生烙肉、京烙肉、烙肉片、煎肉圆、闷青鱼、煮鲢头，还有便碟白切肉。"

——果然不愧是南京，第二个菜就是鸭子，剩下大半倒是鱼，糟腌的菜就不如安徽浙江那么多了。南京人闷炉烤鸭、盐水鸭、鸭血汤，吃鸭子五花八门，不待细表。日常无论心情好坏，都能随意斩一只鸭子来吃。

倪老爹客气，说："我们自己人，吃个便碟吧！"那就是寻常菜了，鲍文卿说便碟不恭，先叫堂倌切鸭子来，再爆肉片下饭——说明这鸭子是现成冷盘，大概就类似于现在冷吃盐水鸭吃法。果然不愧是南京！

鲍文卿过继了倪老爹家的鲍廷玺，之后鲍廷玺要娶亲。媒婆沈大脚说出一个寡妇王太太来，真真厉害：这位王太太征婚，又要是官，又要有钱，又必须没有公婆叔姑，每日睡到日中才起，吃八分银子的药，头一天吃鸭子，第二天吃鱼，第三天荸荠菜鲜笋做汤。没事还要吃橘饼、圆眼、莲米搭嘴。每晚炸麻雀、盐水虾，吃三斤百花酒，丫头捶腿到四更才睡觉。

——鸭子鱼虾，那是时鲜才好吃；荸荠菜鲜笋是江浙吃法，季节时令才有。按这豪迈的胃口不下马二先生；刁钻的吃法，《儒林外史》全书未有。

后来这位真嫁过来了，第一件事就是要雨水煨茶给太太喝：这真是马二先生的食量，妙玉的口味，端的厉害。所以媒人沈大脚早已担心：鲍廷玺家里一个唱戏的，怕养不起她，到此果然。

之后季恬逸与萧金铉二位，请诸葛天申这个没文化的人吃饭，又是一段小笑话。先是吃肘子：江苏人过年讲究吃肘子——如今叫蹄髈。炖得烂熟，讲的是个扎实，可以当年夜饭压轴菜的。后来季恬逸叫了香肠、盐水虾、水鸡腿与海蜇。诸葛天申没吃过，见了新鲜：先说香肠是猪鸟。萧金铉让他别说了只管吃吧，大概是被恶心到了。诸葛天申又吃海蜇，问这脆的是什么，也很让人烦：吃饭时最忌讳被人这么问东问西，凭空没了胃口。

再后来杜慎卿与杜少卿二人，大概是《儒林外史》里，最像吴敬梓自己的人物了。

杜慎卿请鲍廷玺吃饭，张口就是不要俗品，只要江南鲥鱼、樱、笋作下酒之物，端的好生精致！买的是永宁坊上好的橘酒，杜慎卿自己只要笋与樱桃下酒——汪曾祺先生有个《鉴赏家》，里头的风流大画家，就是喝酒就水果，雅致之极。吃完了酒，杜慎卿又要点心：猪油饺饵、鸭子肉包的烧卖、鹅油酥、软香糕,这是拿去大观园里都不丢人的好吃食。临了喝雨水煨的六安毛尖茶。从头到尾,风雅绝伦的一个人。

可惜风雅过了头,有点洁癖:后来季恬逸请杜慎卿吃饭,杜慎卿吃了块板鸭就吐了,最后吃了点茶泡饭了事;风雅是风雅了,但有些挑食,跟马二先生对坐吃饭,一定是一口都不吃的。当时日头西斜,两个挑粪桶的,挑了两担空桶,这一个拍那一个肩头道:"兄弟,今日的货已经卖完了,我和你到永宁泉吃一壶水,回来再到雨花台看看落照。"杜慎卿便注意到了,说贩夫走卒都有六朝烟水气——真也是个懂得体味生活的雅人。

杜少卿则仗义疏财,花钱没边。被人问起一坛好酒——二斗糯米做出二十斤酿,兑了二十斤烧酒,埋在地下九年七个月了——便寻了出来,买了新酒来掺了,再拉人一起喝。老黄酒似乎的确如此:陈酒粘稠醇厚,不能直接喝,要找些新酒,搅打一番才行。杜少卿就热了酒来,大家一起吃了。

如果说《儒林外史》前面的吃客,吃得家常俗气,那杜慎卿和杜少卿的吃法,就隐约看得见李渔和张岱的影子了。可见吴敬梓自己,也是见过吃过有品味的,并不都跟周进们似的。

有研究提到,杜少卿身上很有吴敬梓自己的影子,细看杜少卿与杜慎卿的剧情，也的确很像吴敬梓：请人吃酒吃饭，仗义疏财。他二人剧情之后，一时南京的故事也完了。觥筹交错的豪爽吃食，也基本没了。

比起李渔张岱袁枚们各色小品文中风雅讲究的菜式，《儒林外史》作为小说，是各色菜式都有，以菜式说人情，道尽了读书人的甜酸苦辣。穷酸豪迈、真诚虚伪，都在吃喝中体现完了，毕竟再看似不食人间烟火的读书人，都要吃东西的；真真假假，都在吃喝时体现出来了。大概《儒林外史》讥讽得志的腐儒与虚伪的士子，叹惜不得志的才子，偶或追怀当年的酒席；临了就是星流云散，连吃喝都不想提了。

吴敬梓自己在54岁那年的秋天，与朋友王又曾在舟中痛饮消寒。归家后，酒酣耳热，痰涌气促，救治不及，顷刻辞世：终于也还是倒在饮宴喝酒之上。这逝世的方式，也非常像杜少卿。一肚子才华，一眼看尽世态，意气郁积，都在这一口酒里了。

吃水浒

说到《水浒传》的吃，很容易给人刻板印象：某好汉敲着桌子，"牛肉牛筋，大碗酒只顾筛来！"

——为什么总是牛肉呢？想想《金瓶梅》里，螃蟹、猪肉、鱼虾等花样繁多；《儒林外史》也是花团锦簇；《红楼梦》里更不消提：但为什么这三部作品里，牛肉偏少，唯独《水浒》这样的江湖书，特多牛肉？

因为我国古代历来有耕牛保护；宋时对耕牛更保护得紧，私自宰牛，算是犯法，所以一般城市居民，不太吃得到牛肉。

再想来，似乎牛肉历来是荒村野境、军队要塞里比较丰足。比如《左传》里说商人弦高，用牛去犒劳秦国军队；《史记》里李牧在北方边境时，杀牛厚待士卒；《三国志》里张辽要突袭孙权军前夜，专门组织大家吃牛肉。而整本《红楼梦》、《金瓶梅》，发生在城市宅子里，牛肉入馔便少。

故此《水浒传》多牛肉，也算是其风骨特征：

地方多是荒村野店，主角多是江湖好汉。就是牛肉村酿，才符合嘛!

比如开场王进母子怕高俅迫害,连夜出奔,到史进家庄上,安排下饭:四样菜蔬,一盘牛肉,又劝了五七杯酒后,搬出饭来。史进家是殷实农户,这套蔬菜+牛肉+酒,最后吃饭溜溜缝的格局,已和今时今日差不多了,很真实。

史进到延安找师父,遇到了鲁达,连带卖艺的师父李忠,一起去酒馆吃酒。找个阁儿坐了。鲁达显然是常客,酒保都认得,说起来就是"一发算钱还你"。先打了酒,铺下菜蔬果品案酒。宋朝很重视果子,倒未必是水果:干果小吃,能下酒的物事,都算的。类似于现在您去哪个馆子一坐,不拘喝什么酒,人家先给上一碟坚果过口。

鲁达三拳打死镇关西前,曾经刁难他:先要瘦肉做臊子,镇关西打圆场,说怕是府里要包馄饨;后来鲁达要肥肉臊子,镇关西就不知道要拿来做什么了;临了鲁达要寸金软骨切成臊子,就纯是刁难了。

我国许多面食,都讲究肉臊子铺面。如担担面,就靠肉臊子撑局。想来肉臊子比肉的好处,一是细,于是容易调制入味;二是碎,于是口感好;三是可浇可洒、拾掇起来容易,可塑性强。陕西人吃岐山臊子面，臊子又别有讲究。我有陕西朋友掰手指给我算：蒜苗、陈醋、鸡蛋皮、黄花菜、黑木耳、好肉，一样不能少，大概宋朝还吃不到这么精吧。

鲁提辖和镇关西郑大官人撕破脸皮，嗖一声兜脸把臊子扔人脸上。镇关西不乐意，去掏刀子，终于自寻死路。但这里却得为他喝句彩。因为当时说道臊子拍脸，"下了一阵的肉雨"，说明肉是整齐细碎了的；但还没有到虚无飘渺的沙尘状态，刀工恰好。

鲁达打死镇关西出奔，遇到被他救下的金翠莲父女，金家请吃饭谢救命大恩。鲜鱼嫩鸡酿鹅，外加时新果子。金翠莲那时当了员外爷的外宅，经济上有所改善，虽没大富大贵，吃的却是顶饿的硬菜，甚好。后来赵员外亲自来请鲁达，就"杀羊置酒"，规格明显高了一层。《水浒传》在类似的细节上，真是一点都不错。

鲁达去五台山当了和尚，闹了两次事。一次是馋酒吃，去半山腰亭子里抢了两桶酒，倒进肚子里了，爽。按北宋时，中原大地该还没有蒸馏酒。鲁智深吃的应该还是酿造酒，酒味香甜度数低，喝得酣畅淋漓。如果真灌两桶伏特加下去，再厉害的人也可能酒精中毒。

第二次闹事，是喝酒吃狗肉。好玩的是鲁智深下山去吃肉时，店家的反应：先问鲁智深是不是五台山上的，若是，不敢卖；若不是，喝酒吃肉也不妨。说明当日民间行脚和尚也没啥清规戒律，野和尚吃肉，大家都习惯。

鲁智深当时猛闻得一阵肉香，看砂锅里煮着一只狗，喜出望外。店家把狗肉捣些蒜泥来给鲁智深吃。狗肉高蛋白，自古有香肉之称，刘邦的大将兼连襟樊哙，那就是杀狗的。但狗肉又不适合素雅的吃法，就是红焖大煮，加凶猛的佐料烹制。鲁智深拿狗肉蘸蒜泥吃得欢快，若请他慢条斯理吃鱼虾蟹下酒，画风就不大对。所以店家也说：以为你是僧人，不吃狗肉。言下之意：您这和尚，口味真重。

鲁智深吃了狗肉，还留了条狗腿，带上五台山去。醉了脱衣服，发现身边还有条狗腿，于是很开心。大概类似于哪天晚上喝醉了，思谋吃宵夜，发现冰箱里还有大块火腿的感觉吧。

后来鲁智深离开五台山，去桃花庄刘太公处借宿，也是一盘牛肉、三四样菜蔬，一壶酒，与当时王进母子待遇相同。等鲁智深要为刘太公出头帮忙时，刘太公连忙取一只熟鹅请他吃：待遇立刻不同了，好玩。

鹅这东西，古代人常吃，现代家常却少些。我猜是因为鹅太大，现代城市家庭大多锅灶小，若无古代农庄那类大灶大锅，收拾不过来；鹅又太凶，寻常人家收拾鹅，不像对付鸡那么轻松。鹅比鸡肥，所以《红楼梦》和《儒林外史》里都有鹅油点心，大概都欺霜赛雪、白而膏腴吧？

元四家之一的倪瓒，有吃法所谓"云林鹅"，抹酒抹盐抹蜜，归根结底是花足够长的时间，慢慢整治得鹅肉烂软如泥，想起来就流口水，但一般人家，还真没工夫没条件，做不了这个。《水浒传》里的熟鹅似乎都是成菜，估计也是做得了，可以随时吃的方便菜。

鲁智深后来在瓦罐寺，透过一阵香味，发现了老和尚们藏的粟米粥。粗粮熬粥未必多顺口，谷物香味却往往倍增。老和尚们藏了食器，不让鲁智深吃，鲁智深急中生智，把春台洗净，粥倒在春台上，用手捧吃：可见确实是饿了，手捧粥又烫又黏，也顾不得了，稀里呼噜，吃个暖饱。《水浒传》往往好在这类生活细节，需要想上一想才觉得，真对。

林冲被高俅坑害，充军发配，去柴进庄上求助。庄客先以为林冲是寻常配军，托出一盘肉、一盘饼、温一壶酒，又一斗白米上放十贯钱：可见柴进平时招待来往好汉，就是这规格。柴进是沧州人，河北地近山东，吃饼配肉，很有道理。

柴进看重林冲，嫌庄客的待遇不够尊重，吩咐手下杀羊相待，又是果盒酒来。前头说了，宋朝所谓果子，多不是鲜果。盒子装了现成的果品酒食，很是方便。柴进吩咐的杀羊相待，和赵员外请鲁达一个规格，可见敬重。

对比后来，林冲雪夜上梁山，白衣秀士王伦小家子气，要赶林冲下山，端出来五十两银子和一点丝绸：真是没劲，还不如柴进的一盘肉一盘饼来得江湖气十足，还顶饱呢！

林冲落难在沧州，遇到旧识李小二，自称"安排的好菜蔬，调和的好汁水，来吃的人都喝彩"，汁水就是羹。宋朝人对茶汤羹格外在意，善于调羹，属于高级技能。李小二是东京汴梁人，大概会些都城新法花样羹；到沧州来，真是属于羹汤界谪仙下凡了，大概类似于法国边境如圣马洛，忽然来一家"正宗巴黎甜点"。沧州人爱吃饼，大概就着口好羹汤，吧唧一口饼，吸溜一口汤，格外舒爽吧？

林冲风雪山神庙，是为千古名篇。我喜欢的一处细节：在山神庙坐着时，林冲用被子盖了下半截，把葫芦里冷酒喝着，怀里牛肉吃着。外面飞雪无边，此处牛肉冷酒，算是苦中作乐。美中不足的是酒是冷酒，雪夜孤寂，但终究是林冲逼上梁山之前，最后一刻稍许温饱的时光了。

之后林冲杀了陆谦报了仇，走到柴进庄人处，看火炭边煨着一瓮酒，那是热酒了，透出酒香来，于是迫不及待抢了来喝：这是林冲出场以来，第一次撒泼。

为什么呢？

大概因为此前，他总还在委曲求全，低声下气，风雪漫天，心是冷的，喝冷酒。

外头一把大火烧了草料场，杀了人，横了心，上了不归路。一口热酒在前，比前面委曲求全的冷酒要有味得多。抢吧。

一葫芦委屈冷酒，一大瓮撒泼热酒。

林冲一生心事，都在酒里写出来了。

郓城县的插翅虎雷横雷都头，巡逻时捉了刘唐，跑去东溪村保正晁盖处蹭吃蹭喝，算是宵夜带早饭。

晁盖也很贴心，安排酒食前，先命人把汤来吃：因为雷横们巡了一夜，空着肚子，直接喝酒吃肉不大对，还是喝口汤暖下肚子吧！真是军民一家亲，非常有生活气息。雷横看了晁盖的面子，放了刘唐，于是晁盖们才好去智取生辰纲。

智取生辰纲，需要人手。于是吴用跟晁盖说，要骗三阮入伙，跑到水泊石碣村，见了阮小二阮小五阮小七，水亭里吃饭。店小二又是先上四盘菜蔬：可见四盘菜蔬算是定例了。之后小二说"新宰得一头黄牛，花糕也似好肥肉"。三阮住在山东，不知道吃的是不是鲁西黄牛。想象"花糕也似好肥肉"，五花三层，骨肉停匀，煮得烂熟，一定是吃来爽快之极。小二切了十斤肉来，吴用吃了几块，剩下都被三阮狼餐虎噬了：真是好汉好胃口。

黄泥冈生辰纲一节，固然是吴用计策狡狯，但脱不了天时地利人和。当时烈日炎炎似火烧，杨志和手下们渴得不行；此时晁盖他们安排白胜挑两桶酒来卖，才好往里掺蒙汗药。晁盖们还扮做贩枣子客人，白送杨志他们枣子和瓢：细节很有生活嘛，让杨志们怎么能不上当呢？

前头说过，宋朝没有高度蒸馏酒，所以白胜那两桶酒，可比现在的甜酒酿醪糟。大夏天里喝一桶，真是爽快提神，会让人舒服得口里发嘶嘶声。难怪杨志都管不住手下人要买酒，自己虽然小心谨慎，也忍不住喝半瓢，终于大家一起中了白胜的蒙汗药。

想想先前，晁盖们送瓢舀酒，送枣子过口，杨志的手下，的确快活极了。如果不是最后他们劫了生辰纲去，简直就是一派太平祥和情景嘛！枣子就酒这吃法极合夏天，自己试过才知道多美。

及时雨宋江宋公明仗义疏财，可惜跟自家养的外宅情妇阎婆惜处不好关系。俩人半夜斗气，宋江气得大凌晨到县衙前，遇到卖汤王老汉，被请喝碗二陈汤醒酒。二陈汤旧方子以半夏、茯苓、甘草为主，可以治咳嗽痰多、恶心呕吐，早起补充水分，应该也不错，可惜宋江喝不完这一碗，就要回去杀情妇了。

后来《水浒传》里的醒酒汤，就比较不羁了，还有燕顺们那几位山大王，居然挖人心来做醒酒汤，细想来没的恶心。醒酒汤论该是醋为主，酸辣醒酒嘛，跟人心有什么关系呢？

武松在景阳冈前，看着三碗不过冈的旗子，吃了十五碗酒才罢。店家自夸说这酒是出门倒，初入口时好吃，一会儿就倒——还真不是吹牛，后来武松上冈去，果然酒劲发作，就差点去大青石上睡着了，这才遇到了老虎。想想除了喝酒，武松还吃了四斤熟牛肉，店里还给上了一碟热菜。比起前头那些地方，动不动上四盘菜蔬，果然三碗不过冈是个乡村小店，稍微差点儿事，没法给上整齐的四盘菜蔬。

武大郎卖炊饼天下皆知。然而炊饼其实是蒸饼：不用蒸字，无非为了避讳宋仁宗赵祯的名字。大郎常和卖水果的郓哥作伴，却也不错：一个卖主食，一个卖水果兼甜点，完美搭档。

细想一下，郓哥的职能还独特点：宋朝卖水果卖小点心的，许多有帮闲属性。武大郎这类是挑担出卖，老少咸宜；郓哥这类卖水果的，往往在酒楼饭馆里晃荡，要凑哪桌老爷们吃酒开心。水果来源也得想法子，不是武大郎这种每天自制的。就是因为多一份投机耍滑，所以郓哥性格也比武大刁钻些。

郓哥没揭穿西门庆前，求王婆让他见见西门庆，也就是这意思：当时的惯例，卖果子的趁老爷们宴席高兴，混过去当着众人，请他高价买水果，老爷们要脸面，买了水果请大家吃，卖水果的便有利润了。当然前提是，你得见得着才行啊。所以郓哥看王婆不给他机会见西门庆，心里难免不忿。

王婆可能是《水浒传》里台词最多的女性，性格鲜龙活跳，跃然纸上。妙在她开铺卖茶，又不止是茶了。

王婆给西门庆做的第一个饮品是梅汤：历来梅汤都是乌梅加糖与水熬的，不知那时怎么做法，总之酸甜可口就是。王婆这是暗示西门庆，自己可以做媒。

再来是和合汤，《西湖游览志余》载，"今婚礼祀好合，盖取和谐好合之意"，这汤是果仁蜜饯熬制的，西门庆也说"放甜些"，可见是甜饮。这是王婆告诉西门庆，她能帮着跟潘金莲凑和合。

第二天大清早，王婆浓浓地为西门庆点两盏姜茶。大早上喝姜茶驱寒，也有道理。后来王婆请潘金莲做衣服，浓浓地点一道茶，加了些白松子、胡桃肉来。这就是果仁茶了。

宋朝喝茶，与今日不同。我们习惯的煮水泡茶，一盏清冽，到明朝才流行。唐宋之间，喝的茶还花样百出：团茶抹茶，加盐下果，掺什么的都有。茶里也是果仁甜品，不一而足。所以王婆开的算是饮料铺子，万能饮品店呢——有点像今日的奶茶店？王婆卖的茶饮五光十色，自己也是保媒牙婆、接生牵线，无所不为，也是宋朝社会发展到一定程度，才有的这么个形象。

武松宰了潘金莲，斗杀西门庆，为兄报仇，发配孟州。大树十字坡，就遇到了母夜叉孙二娘。孙二娘家卖人肉馒头，武松还说了句"肥的切做馒头馅,瘦的却把去填河",可见古人确实爱吃肥肉。但细想来,一个人能出几斤肉?还要加工成人肉馅馒头,费时费力,也没啥意思。且那时没冷藏技术,必须保证不停有冤大头上门来提供食材,还有客人来吃掉,怎么想都是亏本买卖。所以人肉馒头情节,更多是猎奇传说,不太符合实际利益吧。

到了孟州城,快活林的当家施恩要请武松去打蒋门神,于是加意讨好。武松到牢里,先被请了酒、肉、面和一碗汁:这个规格很细心,生怕武松吃得不够齐全。到晚饭时,又是酒、煎肉、鱼羹和饭;午饭晚饭还带换花样的。下次来时,肉汤、菜蔬、一大碗饭;再下一次,四样果子、酒、许多蒸卷,一只熟鸡手撕了给武松。

妙在这四顿饭换了三样主食,没一顿饭菜谱是重样的:真是周到极了。

后来武松被坑,又要被发配了,施恩来送,还带了只熟鹅,让武松路上带着吃:从头到尾,施恩在吃肉喝酒上,真是没亏待武松半点。全书最懂得体贴吃的,也就是施恩了。

武松血溅鸳鸯楼后,改换旧身份,变成了武行者。当日到酒店里,自己只有酒与熟菜吃,看别桌却是熟鸡精肉,一青花瓮的好酒——还是烫热的好酒，酒香醉人。武松于是撒泼打人，抢了酒肉手扯来吃，豪迈快活得很——与之前林冲撒泼抢热酒吃，有异曲同工之妙：

做良民委曲求全，还会被坑害；那还是撒泼抢酒，来得比较爽快。

宋江发配去江州，到琵琶亭去吃酒，戴宗与李逵作陪，规格又不同。菜蔬果品江鲜按酒，还有玉壶春酒，很是美好。江州靠水，有水产，与别处不同。

宋江要酒保给李逵切牛肉来，酒保回说只卖羊肉，没牛肉。李逵还生气打人，其实是有理的：前已说过，宋朝保护耕牛，私宰牛犯法。所以乡村野店宰了牛吃肉，江州这种城市里的酒楼，就没牛肉了。

吃羊肉其实也不辱没李逵，宋朝是真流行羊肉：据说宋仁宗有天晨起，对近臣说，昨晚睡不着，饿，想吃烧羊。但怕吃了这一次，以后御厨每晚都杀只羊，预备着我要吃。时候一长，杀羊太多啦，这就是忍不了一晚饿，开了无穷杀戒。可见羊肉的确好吃，仁宗都馋。

南宋时，宋高宗到大将张俊府作客，张俊请天子吃"羊舌签"，宋朝说"签"，就是羹了，也就是羊舌羹，想起来就好吃，一定又韧又脆，只是费材料；又说那时候，都城临安，有位厨娘，制羊手艺高，踩着不知多少羊的阴魂，架子也大。某知府请她烹羊，得"回轿接取"，接个厨娘来做饭，好比娶个新夫人，难伺候！她做五份"羊头签"，张嘴就要十个羊头来，刮了羊脸肉，就把羊头扔了；要五斤葱，只取条心——好比吃韭菜只挑韭黄——以淡酒和肉酱腌制。仆人看不过，要捡她扔掉的羊，立刻被她嘲笑："真狗子也。"如此奢侈糜费的一顿，好吃是好吃的，"馨香脆美，济楚细腻"，但知府都觉得支撑不了，没俩月就找个理由，请回去吧。

如此想来，羊肉的确挺费调理；柴进对初见的林冲"杀羊相待"，那是真的很喜欢他了。

宋江先前在郓城县，已经喝过醒酒汤；到江州还要吃"加辣点红白鱼汤"。酸辣醒酒，道理是对的；偏宋江嘴刁，觉得鱼腌过了，不好吃，要吃鲜鱼。这才引出了李逵与张顺的黑白水上大战。这里就见出宋江与其他好汉的不同：鲁智深吃狗肉，武松吃牛肉，都是狂野风味，吃得大快朵颐。就宋江嘴刁，要吃鱼肉，还是鲜鱼。哼。

时迁、杨雄与石秀三位要上梁山，先在祝家庄投宿，时迁是个贼骨头，偷了只公鸡来煮熟了。三人手撕了吃，可见鸡煮得烂熟；店里伙计回头看时，发现半锅肥汁，说明这鸡确实好，脂肪丰厚，想象起来，是丰肥饱满的走地鸡。结果为了这只鸡，梁山闹出了三打祝家庄。

从此之后，水泊梁山就忙着招兵买马、收罗好汉；天罡地煞、招安征伐了。剩下的吃喝好戏，也就剩当日招安时，阮小七假称验毒，喝了四瓶御酒，用点村醪瞒过了。之后梁山好汉发现御酒瓶里是村醪时，勃然大怒。第一个发作的，就是酒神鲁智深。毕竟对宋江而言，封妻荫子名垂青史比较重要；但对鲁智深而言，酒才是关键：你狗皇帝要用假酒哄洒家，洒家便和你厮打！

等终于招安，那就东征西讨，真顾不上吃什么了。

话说，明清那几本名小说，多有其特殊场景。

说三国，大略无非军政纵横，不是在议事，就是在战争。吃反是其次。

说西游，大略是师徒四人又到了新国家或新山谷，遇到了新的妖怪或新的国王，以及新问题。吃的也多是素斋。

说红楼，博大精深，但大多数场景是园子里，饮宴、聊天、看戏、争吵、家长里短，太太姑娘丫鬟们吃的场景多些。

说儒林，大略是书呆子又遇到了骗子，野心家遇到了流氓，等等。说金瓶梅，大略是西门庆的媳妇们又怎么互相厮闹了，又送礼、吃酒、饮宴、唱曲了……这两本的吃食，已算是花样缤纷，但到底也不出普通人的生活。

《水浒传》呢？哪位会说：都是强盗嘛！

——但细想，又不止于此。

王太尉府的玉狮子和镇纸。殿帅府的大堂。史家庄的打麦场、马槽与松林。镇关西的肉铺。五台山的禅寺。山下市井的铁匠铺和酒店。桃花村太公家的新房。相国寺的菜园子。白虎节堂。野猪林。沧州牢城的监狱。天王堂。草料场。山神庙。梁山泊。东溪村的草堂。石碣村的水泊。烈日炎炎的黄泥岗。梁山上的断金亭。阎婆惜家的二楼。景阳冈前的酒店。王婆家的茶铺。武大郎家著名的一楼和二楼。孙二娘十字坡前的酒店。快活林里蒋门神的酒店。飞云浦。鸳鸯楼——我这才说了全书内容的1/4而已，已经有多少地方了？

就在这些地方里，已经出现了以下人物：帮闲的流氓、继位的君主、失意的教头、耍棒的农民、卖艺的武者、山贼的首领、耍流氓的屠夫、和稀泥的方丈、打铁的师傅、入赘的山大王、能说会道的知客僧、偷菜的泼皮、卖刀的神秘人、收了贿赂的解差、贪财的管营、街市上的流氓、怕老婆的官吏、教书先生、渔夫、道士、村里的工作人员、县里的都头、卖枣子的贩子、奶妈的丈夫、唱曲的娇娘、饶舌的店小二、卖炊饼的小贩、翻云覆雨的婆娘、卖生药的暴发户、春心荡漾的家庭妇女、开黑店的妇人、组织犯人开店的青年……

这已经有多少人物了？

这份如实道来的精确与宽广，是《水浒传》的妙处。

话说，我经常怀疑：《水浒传》里，林冲解送沧州，遇到管营与差拨写得如此细密；杨志杀了牛二后，发配处理文案写得有模有样；宋江杀了阎婆惜后，郓城县处理流程滴水不漏；武松在阳谷县和孟州两次遭发配，都写得细致入微；宋江遇到戴宗时的监狱描写如此贴切，而《水浒传》文笔又如此简洁精确，杀人场景如同罪案报告……

难道施耐庵做过刑名师爷，在衙门里干过活么？

不然，何至于对朝堂之事写得粗粗疏疏，却对县官孔目、公文刺配、差拨解差、牢城节级，如此娴熟呢？又如何能对生活中的每碟吃食、每个细节，都那么用心呢？

也许没有《红楼梦》那么优美深厚，没有《三国演义》那么宏伟开阔，但《水浒传》很杂，很宽，又很细，是地地道道的浮世绘画卷。连带吃食,也是细致入微。

论野的有蒜泥狗肉,有枷锁上的烧鹅,论城市有加辣鱼汤,论市井有脆梨炊饼,论吓人有人肉馒头,论阴险有下了蒙汗药的酒。偷一只鸡就能激发三打祝家庄,吃两桶酒就能引到大闹五台山,打抱不平三拳打死镇关西,偏是一堆肉臊子做铺垫。

明明动不动就是大闹醉闹、醉打火拼的一本豪爽小说,却对生活描述得如此精确与冷静:这是《水浒传》作为小说,独一无二之处了。

吃金瓶梅

《金瓶梅》的好，好在平淡冷静，如实道来。这书是面镜子，不掺杂感情色彩，只映照其中浮世诸像。

所以以前有所谓"读《金瓶梅》而生怜悯心者，菩萨也；生畏惧心者，君子也；生欢喜心者，小人也；生效法心者，乃禽兽耳"。

冲着禁书之名去读的人，整本书看下来，会记住潘金莲醉闹葡萄架；冲着历史价值去读的人，能瞥见明朝整套市井家宅生活；冲着道德评判去看的人，会觉得西门庆、潘金莲及其一伙妻妾，都是地道的庸人俗人，肉欲男女。但小说本身，却叙述得极为冷静。

最高明的批判，不是厚此薄彼，把坏人都描述成小丑，把好人都说成神仙，而是如实道来。

妙也妙在这个：如实道来。

所以《金瓶梅》里吃东西，看似如实描绘，细想来，都是世道人情。

《金瓶梅》取西门庆与潘金莲的故事，看似是《水浒传》的同人读本，但有一处大不同:《水浒传》里，好汉动辄呼喝，要牛肉大块切来。

《金瓶梅》全书，只出现了一次"牛肉"字样：还是文嫂一并切了"猪羊牛肉"，让大家吃。只因宋时，官府禁止私自宰牛。《水浒》里都是荒村野店，江湖好汉，就吃牛肉，吃个天高皇帝远;《金瓶梅》则是在清河县里，城市居民，光天化日，就不太好吃牛肉了。

那主要肉类消费是什么呢？大概是猪肉。

西门庆三个老婆潘金莲、孟玉楼和李瓶儿下棋打赌，李瓶儿输了，叫人买了猪头猪蹄一坛酒，让心比天高的宋蕙莲来烧。蕙莲烧猪头，手法精妙，堪称范本：一大碗油酱，拌上茴香佐料，把锅扣定了，一根柴禾下去，烧得猪肉皮脱肉化，五味俱全。我寻思这扣定锅的做法，应该有类似于高压锅的效果？

又因为是山东人家，所以猪头连着姜蒜一起上桌，想着真好吃。

我们江苏，有许多老师傅据说善做猪头肉。我听说最好的猪头肉，是柴草余烬慢慢煨熟，酥烂近融。上桌时还是整个猪头的样子，请诸位过目后，用筷子轻轻一搅，猪头肉立刻融化，仿佛豆腐，在座无不惊叹火候到家，香味扑鼻。据说这么一搅，一是大家吃起来方便，不至于对整个猪头下不了筷；二是有些位对着个猪头，有些心理障碍：搅烂了吃，就心情舒泰了。

妙在金莲玉楼瓶儿这种深宅大院女眷，并不挑肥拣瘦，猪头肉连蒜，吃得痛痛快快。设若让大观园诸位娇贵的妹妹们吃，怕有些嫌腻，觉得闻都闻不得。《金瓶梅》虽写宋朝，风情却是明朝。大概那会儿商人媳妇儿们规矩还不重，也不造作，还肯大模大样吃酥烂猪头肉呢。

后来西门庆借职权替刘太监平了事，刘太监报恩：宰了一口猪，添上自造的木樨荷花酒、四十斤糟鲥鱼，外加妆花红金缎子，送来给西门庆。真是什么人送什么礼。像西门庆送大权臣蔡京，是三百两金银铸的银人和金寿字壶，金银灿烂，但也透着暴发户气。刘太监送的是猪酒鱼缎，这就很实惠，也很显出手头有东西了。

鲥鱼在明清时地位极高。据说康熙赶春天下江南找曹雪芹他爷爷曹寅玩儿，就是贪图那会儿有鲥鱼吃。北宋彭渊材先生说过平生五恨,大大有名:鲥鱼多骨,金橘大酸,莼菜性冷,海棠无香,曾子固不能作诗——曾子固就是唐宋八大家之一的曾巩了。可见鲥鱼在水果里可比金橘,蔬菜里可比莼菜,花卉里可比海棠,文人里可比曾巩,多好。

唐宋八大家另一位吃货苏轼,有句子说鲥鱼,"芽姜紫醋炙银鱼",认为比莼菜鲈鱼还好吃。老年间说法,鲥鱼最珍贵的,是那点鱼鳞,香脆无比。所以懂行的人烹鲥鱼不去鳞,最懂行的人家则将鳞取下,蒸融,让鱼鳞香味入于鱼肉,想起来就很鲜。

当然,鲜鲥鱼很难得,古代又没有冷藏设备,所以刘太监这个糟鲥鱼,细想来极有道理:既有糟香,又能久藏。西门庆送了些糟鲥鱼给酒肉朋友应伯爵,应伯爵就命老婆劈成窄块,用原旧红糟培着,搅些香油,预备他早晚吃粥。有客登门,蒸一块来吃,也大有体面:再次说明,糟鲥鱼实在珍贵,拿来做粥菜蒸菜,都能拿来炫耀了。这么想,应伯爵这类帮闲,跟着西门庆时是寄生虫,花天酒地;回了家,也还是吃粥就菜、寻常人家呢。

还是应伯爵,跟西门庆蹭饭时,偶尔也见得着家常菜。当日画童儿用方盒端上四个小菜,又是三碟蒜汁、一大碗猪肉卤，配面吃：山东人家，大蒜猪肉打卤面，很有生活气息。各人自取浇卤，倒上蒜醋来吃。应伯爵和谢希大两个寄生虫，一口气吃了七碗，没忘了大赞：

"这卤打得停当，这面好吃爽口！"——毕竟他们也就这点能耐，多夸几句，满足西门庆的虚荣心。

打卤面自古以来，都是卤子见高低。宋明时能用猪肉打卤，配蒜配醋，已算高级。前清时懂吃的名角儿，会讲究用羊肉打卤，更高一筹。普通人家，就没那么厉害了。电视剧《我爱我家》里，1993年的事了，年轻时跑过江湖的曲艺人老和同志，说家常打卤面，特别体现劳动人民智慧：

"打卤面不费事，弄点肉末打俩鸡蛋，搁点黄花木耳、香菇青蒜，使油这么一过，使芡这么一勾，出锅的时候放上点葱姜，再撒上点香油，齐活了！"

应伯爵们吃完了面，知道自家吃了蒜，嘴里有味，又喝热茶，"烫的死蒜臭"。连吃带喝，样样不少。之后西门庆预备礼物送人：一盒鲜乌菱、一盒鲜荸荠、四尾冰浸的大鲫鱼、一盒枇杷果，又被应伯爵抢了几个。临了夸赞西门庆，说西门庆吃的用的，别人都没见过——西门庆似乎特别好奉承，李瓶儿、应伯爵们只要夸他"你吃的用的，别人想都想不到"，他就很是得意。毕竟奢侈品嘛，就讲究个稀缺性。

后来西门庆书房赏雪，就让应伯爵尝"做梦也梦不着"的玩意："黑黑的团儿，用橘叶裹着"，却是薄荷橘叶裹的蜜炼杨梅，叫作衣梅。酸甜可口是必然的，而且应该胜过话梅：话梅是腌的，讲个咸酸，应该不如衣梅这么适口甜润。

当然，西门庆的兄弟们，也不一定都是好吃懒做的寄生虫，西门庆自己，也不是一味吃猪肉。西门庆兄弟里不算殷勤的常峙节，得了西门庆的资助，回去跟老婆前恭后倨，耀武扬威。常夫人为了谢西门庆，特意做来了螃蟹，做法很精彩：

螃蟹剔剥净了，用椒料姜蒜米儿团粉裹就，香油炸，酱油醋造过，连两只烧鸭子，送来给西门庆。

这种吃法很精致，而且细想来，也很适合西门庆。

蟹味本身极香，蟹脚肉烤了或煮了，肉自带鲜甜之味；加姜醋极美，不加姜醋也大可吃得，吸罢一条蟹腿，吸得出好一口蟹汁。蟹壳里膏腴满腹，蟹黄是珍宝自不待提，咬一口牙都酥倒，看那红珠般的模样就让人心痒。但蟹壳里汁液碎末，同样动人。我故乡江南前辈们吃蟹，最好就是少加味道纯蒸，才能得蟹的鲜味——但这吃法太精雅琐碎了，老一辈说法：

"吃个味道，吃不到肉"。

所以为了满足人民吃蟹能吃到肉的欲望，就有秃黄油捞饭这种神物。秋天江浙都会有蟹粉小笼包卖，厉害的面馆还会有虾爆鳝：本来虾肉滑润清甜，蟹粉浓香酥融，未必相配，但这就像黄金白玉，鲜花着锦，奢侈之极，让人无从抵抗。

回想常夫人安排给西门庆这种吃法，就不是持螯赏句的风雅，却是实实在在味道俱全的土豪吃蟹法，是吃得到肉、吃得到味的，很扎实。

至于吃蟹要加烧鸭，也不奇怪：张岱《陶庵梦忆》说，他年轻时跟人吃蟹，配肥腊鸭、牛乳酪、醉蚶、鸭汁煮白菜，再加上谢橘、风栗、风菱当果子等等——这还不算饭茶和酒。看起来乱七八糟，大概螃蟹不够油，所以要吃点肥润的补一补？

如果说吃肉吃菜，体现出《金瓶梅》的民间风味来，喝茶，那就更明显了。

对比《红楼梦》的茶，以妙玉为首，讲秀雅清净；《水浒传》的茶就是王婆风格，民间饮品。妙在《金瓶梅》里，两者都有。

《红楼梦》里妙玉伺候老太太喝茶时,老太太就念叨"我不喝六安茶",妙玉答说是老君眉。《金瓶梅》里,吴月娘跟西门庆吵架又和好,于是扫了园子里太湖石上的雪,来个扫雪烹茶,找姐妹们吃,作为夫人,请大家喝茶,也是颇有《红楼梦》格调了。

反观孟玉楼,与西门庆相亲时,本是商人家的寡妇。招待西门庆时,端的就是福仁泡茶——橄榄仁泡茶。

王六儿家算是职业经理人,她勾搭西门庆时,就请他喝胡桃夹盐笋泡茶。这就很像《西游记》里蜈蚣精请唐僧师徒喝的红枣茶、《水浒传》里王婆请潘金莲的胡桃松子茶了。浓稠的果仁茶,也就是民间风味。跟吴月娘扫雪烹团茶,立刻就见出了地位分别来。果然是什么人喝什么茶,连喝个茶都能见出差异。

《金瓶梅》前几回是照学《水浒传》,但有一点学漏了。《水浒传》里武大郎卖炊饼,其实是蒸的,只因为避讳宋仁宗赵祯,蒸饼改称炊饼。但《金瓶梅》里,公然出现了"蒸酥"、"玉米面玫瑰果馅蒸饼"、"玫瑰鹅油烫面蒸饼"之类点心,估计真搁到宋朝,会有些麻烦吧。何况宋朝时,玉米还没传入中国呢……

《金瓶梅》的点心，似乎以果馅和油酥居多。前者取个甜口，后者有口感且易储存，不易放坏。可是哪怕是点心，也见高低：

玫瑰鹅油烫面蒸饼，就是西门庆吃的，毕竟鹅油高级得很，等闲人家吃不到；玉米面玫瑰果馅蒸饼，就是给奶妈们吃的：那是粗粮，等级分明。

所以《金瓶梅》的人情世故，就妙在这里：

西门庆们过的日子，俨然可以上追《红楼梦》里的公子小姐，底下仆佣们吃的食物，还是《水浒传》里市井人家的玩意儿。人人争名逐利，机关算尽。表面嘻嘻哈哈，其实拜高踩低。

觥筹交错之间，看似熙熙攘攘热热闹闹，实则等级分明。人情世故，一览而尽。整本书上上下下，每个人都要忙着勾心斗角尔虞我诈了。这才是千古第一世情书啊。

《红楼梦》里,谁吃饭最有味儿

曹雪芹笔下人物待遇,极有讲究:饮食起居,都合着人物性格,非只一味夸富。比如林黛玉住潇湘馆,绿竹森森;贾宝玉住怡红院,跟林黛玉红碧相映;贾宝玉爱喝的枫露茶,一听便是红色,合他爱红的毛病。连人带茶,都色彩分明。

林黛玉身子弱,吃东西少,史湘云敢吃烤鹿肉,林黛玉只能吃吃笑,连吃螃蟹都只能吃一些夹子肉,喝合欢花烧酒;薛宝钗常是无可无不可,除了冷香丸,也不太细挑吃的,还会为长辈点菜;她俩对茶,也许更讲究些,这不,招待刘姥姥呢,还偷闲去妙玉那里喝了好茶。

贾宝玉去探薛宝钗,薛姨妈留下吃饭,吃糟鹅掌鸭信,醇厚韧脆,适合下酒;又用酸笋鸡皮汤,给宝玉解酒。糟鹅掌鸭信和酸笋这两个菜,都是需要平日下功夫的;薛姨妈虽然借住贾家,到底家底厚,独门独院,吃的也是费时间折腾、清淡又有味的东西,很合她的身份。

后来刘姥姥二进大观园，仆人上点心，老太太选了松瓤鹅油卷，更香甜；薛姨妈要了藕粉桂糖糕，清雅些，也合她的风格。

这类小点心，是贾府生活有趣之处。像秦可卿生病，什么都吃不动了，只求吃个枣泥山药糕——听来既甜又柔，还不油腻，很合可卿病中所爱。

史湘云送姑娘太太们的菱粉糕和鸡油卷，听起来就略家常些，没有秦可卿吃得那么细腻。

袭人给史湘云的桂花糖蒸新栗粉糕，规格也类似；但桂花糖终究不如枣泥。这里面的细微差别，就得稍微想想。秦可卿终究是病人媳妇儿，怕比史大姑娘娇贵些。

王熙凤曾经跟刘姥姥吹嘘过茄鲞，是为《红楼梦》第一名菜；但那菜用许多鸡来配，反复折腾，临了只剩点刘姥姥所谓的茄子香，花哨有余，形式大于内容了。我是不太想吃的。

王熙凤家常，让赵嬷嬷吃火腿炖肘子，这类菜老爷小姐们未必肯吃，怕嫌粗气；但肥厚浓香，赵嬷嬷们却吃得大快朵颐，香而不腻。

贾宝玉这小孽障，是全书第二受享用的。在薛姨妈处提一句说，珍大嫂子家的好鹅掌鸭信，薛姨妈就送上自家糟的；宝玉被贾政打骂了，要养伤，于是全家陪他吃荷叶汤；还要所谓玫瑰卤子来调口味，王夫人还送出木樨、玫瑰清露来：又要新奇，又是馋，宝玉这孽障也是难伺候。

袭人身为首席大丫头，也就爱吃口糖蒸酥酪：规格就比各色清露要低了一筹，本分多了。

富贵人家吃饭穿衣都讲究。宝玉连喝粥，配的咸菜都是野鸡瓜齑。想来味浓而不滞，爽口有味，好。

后来集体过生日吃饭，上的是虾丸鸡皮汤、酒酿清蒸鸭子、腌的胭脂鹅脯、一碟四个奶油松瓤卷酥、一大碗热腾腾碧莹莹的绿畦香稻粳米饭。汤、蒸、腌、点心、米饭，都有了；虽然只是鸡鸭鹅上面找，却不俗气，而且饶有余味：酒酿、腌制都是最容易味道醇厚悠远的，一如上头薛姨妈自家腌的鹅掌鸭信。

贾府吃得不太油腻，大概味道全靠这点细致调味了。

如此通观全书，最懂吃也最有口福的，还是老太太。

老太太口味很精，说螃蟹馅饺子油腻，不爱吃；后来过年夜长饿了，但又不想吃鸭子肉粥。看到点心，她老人家拿了松瓤鹅油卷，吃了口就罢了。

但她不比王夫人，动不动吃斋；自己别有情致，爱吃口新鲜别致的。游了大观园，凤姐送了野鸡崽子汤，老太太还吩咐：炸两块送粥；炸野鸡配粥，比起贾宝玉的野鸡瓜齑，老太太直爽多了。

后来下雪天，老太太见牛乳蒸羊羔，说是他们有年纪的人吃的，还说小孩子吃不得；芦雪庵写诗，老太太过来，吃了点糟鹌鹑腿子肉——鹌鹑很小，腿子肉更细腻，糟了之后，入味细碎，既解馋，又不难消化，细想真妙。

后来王夫人吃斋，寻思老太太不爱吃面筋豆腐，就送了椒油莼齑酱：清朝时椒油调味不提，莼菜鲜美则是中国历史传奇，好吃得很。

这么一想，比起动不动吃斋口味清淡的王夫人，老太太吃得有味多了。

大略整个《红楼梦》看下来，赵嬷嬷们不挑剔，吃个肥厚，如果她们乐意，我很想按她们的菜单吃个家常菜；袭人这些小姑娘爱个甜口，我很希望可以跟她们一起喝下午茶；林黛玉与薛宝钗小姐们吃得少而精，我不敢高攀，总怕跟她们吃完一顿，忽然她们就身体不舒服了；妙玉很挑剔，品味很高雅，但我都想象不出来高洁如她，肯吃点什么。

想来想去，吃东西的场景，怕还是老太太最有看头：一来她吃得精；二来又有味，不会清汤寡水；三来老太太人好，看着刘姥姥都很慈和呢，吃东西不会战战兢兢。

虽然写诗联句是宝玉和姐妹们更好，但穿衣吃饭、日常用度，到底姜是老的辣，品味高、懂生活，还是要看老太太啊！

苏轼真吃到那么多美味了么？

苏轼是千古顶尖的聪明人。早年的聪明劲，外露得很是张扬。

嘉祐二年，苏轼去考试，考场作文，论用政宽简。苏轼临场杜撰了个帝尧和皋陶的典故。考官梅圣俞看卷子时，觉得这典故似模似样，但自己没听过，有些犯愣，不敢擅断。考试后，梅圣俞问苏轼：这典故出于何书？苏轼承认是编的，又聪明地补了句：

"帝尧之圣德，此言亦意料中事耳！"

后来《红楼梦》里，出过类似的公案：贾宝玉见林妹妹时，说西方有石名黛，可用来画眉，被探春批出是杜撰。当时宝玉也学苏轼，仗着聪明撒娇：除了《四书》之外，杜撰的也太多呢。

是的，苏轼很会编词儿。

苏轼早前，聪明得既如此外露，风格也就不拘小节。他写字肥，不喜欢的人说是墨猪，但赵孟頫也夸过苏轼"余观此帖潇洒纵横，虽肥而无墨猪之状"。有人认为苏轼不善音律，但陆游却认为：苏轼"但豪放不喜剪裁以就声律耳"。至于他写"春宵一刻值千金"，杨万里认为那是"流丽诗"。反正是天才，怎么任性，大家都喜欢。

所以后世许多以苏轼为主角的民间故事，都爱说苏轼"过于聪明"。动不动跟王安石啦、佛印啦、苏小妹啦打交道，之类。

是的，苏轼很潇洒。

苏轼早年的外向型聪明，表现在口味上，则与后世许多风雅人似的，很清雅。毕竟他自己也写过：

"雪沫乳花浮午盏，蓼茸蒿笋试春盘。人间有味是清欢。"

苏轼是喜欢清爽的。

至于"蓼茸蒿笋"这类清爽的春菜，苏轼另外写过一首《春菜》来描述：

蔓菁宿根已生叶，韭芽戴土拳如蕨。
烂烝香荠白鱼肥，碎点青蒿凉饼滑。
宿酒初消春睡起，细履幽畦掇芳辣。

茵陈甘菊不负渠,绘缕堆盘纤手抹。
北方苦寒今未已,雪底波棱如铁甲。
岂如吾蜀富冬蔬,霜叶露牙寒更茁。
久抛菘葛犹细事,苦笋江豚那忍说。
明年投劾径须归,莫待齿摇并发脱。

蔓菁,韭菜,荠菜白鱼,青蒿凉饼——凉饼大概类似于今日的冷面——看着是口味清爽鲜美,有荤有素的一顿了。

这诗有思乡之情:北方苦寒,想到故乡四川,冬天都有蔬菜,还有苦笋江豚呢。这么一想,苏轼就发愿了:

明年一定要回去了,别等到老了,牙掉了头发没了才回去啊!

这和他"春宵一刻值千金"的思想,也是通的。

苏轼后来去徐州,也爱吃,也写吃,写了一首《寒具诗》:

纤手搓成玉数寻,碧油煎出嫩黄深。
夜来春睡无轻重,压扁佳人缠臂金。

——寒具就是油馓子了。话说油馓子的好吃,除了本身油香，就仗着比油条纤细薄脆。当零食吃，很容易噼里啪啦，不小心吃一袋。馓子另有其他妙用，据说老北京以前卖菊花锅子给太太们吃，下的都是易熟之物，一涮就得，其中就有馓子。我去重庆吃油茶，里头有馓子。米粉细糊的面茶里，零星着馓子、黄豆、花生米之类。面茶借点馓子的油劲，馓子连同其他脆生生耐嚼的东西沉浮于面糊之中，相得益彰。

当然，苏轼还是风雅：油馓子加了纤手、玉、佳人、缠臂金，忽然字眼就好看起来了。

作为一个风雅人，苏轼自然和李渔袁枚们一样，爱吃笋了。但他早年写笋，又有辛辣的聪明劲：

老翁七十自腰镰，惭愧春山笋蕨甜。
岂是闻韶解忘味，迩来三月食无盐。

——写七十老翁，亲自砍了春笋来吃，不是跟孔子似的，听了韶乐，三月不知肉味，却是因为当时民生不好，三个月没吃上盐了。

这算讽喻诗。后来苏轼自己遭遇乌台诗案，多少因为他写了太多类似的诗，得罪了太多人。

苏轼遭遇乌台诗案后,被贬谪到黄州,时年44岁。

性格多少变了。38岁在密州时,还"老夫聊发少年狂","鬓微霜,又何妨?"还琢磨着"何日遣冯唐"。到44岁,他已经感叹"平生文字为吾累,此去声名不厌低"。已经自嘲"我为聪明误一生"了。

外露的聪明劲收起来了,骨子里的潇洒还在。

之前他想到野菜,会想归乡,但初到黄州时,他住临皋亭,于是潇洒地说:

"临皋亭下十数步,便是大江,其半是峨眉雪水。吾饮食沐浴皆取焉,何必归乡哉?"

——后来《红楼梦》里林黛玉说,"这王十朋也不通得很了……天下的水总归一源",云云,宝玉听了发痴。林黛玉这话,和苏轼一个意思。通透得很了:水都是一源,何必拘泥呢?

在黄州的苏轼,是安贫乐道的做派:

"东坡居士酒醉饭饱,倚于几上,白云左缭,青江右洄,重门洞开,林峦岔入。当是时,若有思而无所思,以受万物之备。惭愧,惭愧。"

两个惭愧,那是欣慰加自嘲的口吻。张岱后来在《陶庵梦忆》里想起自己年少时吃螃蟹吃得那么爽，吃笋吃得那么快活，也是"惭愧惭愧"。不妨理解为读书人一种谦谨的自得，"侥幸侥幸，难得难得"。

苏轼开了东坡，亲自务农。黄州城东，山坡上开三间房，置十余亩地。给孔平仲写诗说：

去年东坡拾瓦砾，自种黄桑三百尺。
今年刈草盖雪堂，日炙风吹面如墨。

拣瓦砾，种树，盖房子，脸吹晒黑了。东坡二字，从此跟定他了。

他刚去黄州时挺穷，为了节省开支，每月初拿四千五百钱，分三十份挂房梁，每天不敢超过百五十钱。要用时以画叉挑取一块。于是：

"从来破釜跃江鱼，只有清诗嘲饭颗"。
"小屋如渔舟，濛濛水云里。空庖煮寒菜，破灶烧湿苇"。
"送行无酒亦无钱，劝尔一杯菩萨泉"。

但他表现得乐天知命，所以写：

自笑平生为口忙，老来事业转荒唐。
长江绕郭知鱼美，好竹连山觉笋香。
逐客不妨员外置，诗人例作水曹郎。
只惭无补丝毫事，尚费官家压酒囊。

——以前他写笋，会锐利地抨击"迩来三月食无盐"。到黄州，就变成欣赏自然的"长江绕郭知鱼美，好竹连山觉笋香"了。

他在黄州拾掇鱼的法子，很是自得其乐：

以鲜鲫鱼或鲤治斫，冷水下，入盐如常法，以菘菜心芼之，仍入浑葱白数茎，不得搅。半熟，入生姜萝卜汁及酒各少许，三物相等，调匀乃下。临熟，入橘皮线，乃食之。其珍食者自知，不尽谈也。

以盐、姜、萝卜、酒、橘皮等作调味料来拾掇的鱼，很得山居清雅之味，也很自在：因陋就简的吃法，自己乐就行了。

他也开始研究猪肉了，于是有了《猪肉颂》：

净洗铛，少著水，柴头罨烟焰不起。待他自熟莫催他，火侯足时他自美。黄州好猪肉，价贱如泥土。贵者不肯吃，贫者不解煮。早晨起来打两碗，饱得自家君莫管。

我自己以前做猪肉，法子换了许多种：炒糖色啊、先煎后煮啊……

后来就，一直按苏轼的来了：不加酒，不加姜，只是一口气加足水，大火滚了之后去掉血沫子，之后就慢火焖，莫催他，什么都不操作。

到得火候足时，加老抽，继续炖；最后加糖，大火收汁，到醇厚香浓略微发黏的程度，正好。

比起加其他的料，味道要圆润得多，没有锋芒，不刺激，香得很润，入口即化。

妙在当时猪肉是富者不肯吃的平民食品。苏轼的做法也没啥花样，就是无为而治，慢悠悠地炖，所谓"火候足时他自美"。而且每天早上都能吃，"饱得自家君莫管"。

一碗猪肉，都吃得出随遇而安的样子了。

众所周知，此前苏轼去密州打猎，"老夫聊发少年狂，左牵黄，右擎苍"。其实他吃起猎物来，也很狂放，有所谓"燎毛燔肉不暇割，饮啖直欲追羲娲"。烤了肉，割都等不及了，自觉要上追伏羲女娲那会儿的天然吃法。到黄州，他将这份求天然的姿态，应用到植物上，所以还搞出来一个所谓东坡羹：

盖东坡居士所煮菜羹也。不用鱼肉五味，有自然之甘。其法以菘若蔓菁，若芦菔，若荠，皆揉洗数过，去辛苦汁，先以生油少许涂釜缘及瓷碗，下菜沸汤中。入生米为糁，及少生姜，以油碗覆之。

说白了就是：菜汤蒸米饭。

但他自己觉得开心，就很好了。

须知，苏轼的口味是可以很精很刁的。真论品味之精，他也写得出"尝项上之一脔，嚼霜前之两螯。烂樱珠之煎蜜，滃杏酪之蒸羔。蛤半熟而含酒，蟹微生而带糟"。他很知道，该怎么吃才最好味。

但这时在黄州的他，正是"小舟从此逝，江海寄余生"、"回首向来萧瑟处，归去，也无风雨也无晴"的时候，正将清风明月看作"造物者之无尽藏也"。表现在吃上，就是亲近自然，享受世界：有就好，没也罢。就这样吧。

元丰七年，苏轼北上途中喝豆粥，还乐滋滋地苦中作乐，写：

君不见滹沱流澌车折轴，公孙仓皇奉豆粥。湿薪破灶自燎衣，饥寒顿解刘文叔。又不见金谷敲冰草木春，帐下烹煎皆美人。萍齑豆粥不传法，咄嗟而办石季伦。干戈未解身如寄，声色相缠心已醉。身心颠倒自不知，更识人间有真味。岂如江头千顷雪色芦，茅檐出没晨烟孤。地碓舂秔光似玉，沙瓶煮豆软如酥。我老此身无着处，卖书来问东家住。卧听鸡鸣粥熟时，蓬头曳履君家去！

一碗豆粥，他都能写出花样来了，觉得光似玉、软如酥，人间真味了。在他眼中，也没什么不好的了。

他在《东坡志林》里如是说：

"晚食以当肉。夫已饥而食，蔬食有过于八珍，而既饱之余，虽刍豢满前，惟恐其不持去也。"——饿了才吃，什么都好吃。这么质朴的道理，他说得很轻巧。

众所周知，苏轼后来被贬谪到岭南后，爱吃荔枝，甚至于"日啖荔枝三百颗，不辞长作岭南人"。

他真肯为了吃荔枝,长留岭南吗?

在另一首诗《四月十一日初食荔支》里,苏轼将荔枝夸得花里胡哨,红皮白肉说成红纱玉肤,将其味道比作江瑶柱、河豚肉,是形容其优雅鲜美。

结尾更说:

我生涉世本为口,一官久已轻莼鲈。
人间何者非梦幻,南来万里真良图。

——我生来本就是为了能吃上一口,当官久了,早已经看轻了莼鲈之思。

——莼鲈,张季鹰所谓秋风起,念故乡吴中莼菜鲈鱼,所谓宦游思乡之情也。

苏轼借着荔枝好吃,发散开去:

我也不想家了,不想回乡了;人生反正如梦似幻,来南方万里之遥,真好!

所以苏轼是真为了口吃的,不在乎能不能回去了吗?真对家乡无所谓吗?

却又不一定。

还是苏轼在岭南时,念叨吃生蚝。

"肉与浆入与酒并煮,食之甚美,未始有也。又取其大者,炙熟,正尔啖嚼……"——酒煮生蚝、烤生蚝,他都吃了,妙。

临了还叮嘱儿子:

"无令中朝士大夫知,恐争谋南徙,以分此味。"

——"别告诉朝中士大夫,不然他们都要来抢这口吃的啦!"

——这却是个冷笑话了。

朝中士大夫们,真会放弃功名利禄,自请贬谪,跑来争一口生蚝吗?

对照荔枝,意味显然。

类似的"我这里特别好,比都城还要好,我根本就不想回去",可算是苏轼的自嘲法。

他曾得意洋洋,跟苏辙分享自己的心得:

惠州市井寥落,然犹日杀一羊,不敢与仕者争买,时嘱屠者买其脊骨耳。骨间亦有微肉,熟煮热漉出,不乘热出,则抱水不干。渍酒中,点薄盐炙微燋食之。终日抉剔,得铢两于肯綮之间,意甚喜之。如食蟹螯,率数日辄一食,甚觉有补。子由三年食堂庖,所食刍豢,没齿而不得骨,岂复知此味乎?戏书此纸遗之,虽戏语,实可施用也。然此说行,则众狗不悦矣。

——惠州市井不发达,我没法跟人争好羊肉,于是叮嘱屠夫,给我留点羊脊骨。羊脊之间有点肉,水煮熟,酒渍,薄盐,烤一烤,这么小心翼翼地吃,就跟吃蟹钳肉似的。子由你就不一定尝得到这味儿了吧?只不过我吃得这么高兴,惠州的狗就不快活了。

——说来风流潇洒,苦中作乐,其实还是安慰兄弟:

我这儿挺好的,你们别为我担心。

陆游《老学庵笔记》,有另一个说法。

说当日苏轼与苏辙最后一次见面,是苏轼南迁途中。那时俩人的状态,都不算很好。苏辙心情尤其不好。

于是:

道旁有鬻汤饼者,共买食之。恶不可食。黄门置箸而叹,东坡已尽之矣。徐谓黄门曰:"九三郎,尔尚欲咀嚼耶?"大笑而起。秦少游闻之,曰:"此先生'饮酒但饮湿'而已。"

——路边有卖面的,其实不好吃。苏辙吃不下,叹气;苏轼却已三两口吃完了,慢悠悠对苏辙说:"你还要细嚼慢咽品味吗?"大笑着站了起来。

秦观听说了这事,说这就是苏轼之前写"饮酒但饮湿"的用意了。

——"饮酒但饮湿",是苏轼之前在黄州,写过的"酸酒如齑汤,甜酒如蜜汁。三年黄州城,饮酒但饮湿。我如更拣择,一醉岂易得。"

那意思:酸酒甜酒,各有各的味道;我在黄州城三年,喝酒就不挑味道了。如果再挑三拣四,怎么求一醉呢?

苏辙说,苏轼在黄州之后所写的文章,"余皆不能追逐"。苏轼这么超逸,的确是追不上啊。

反过来,我们也能理解苏轼了:

他吹嘘的羊脊骨、狼吞虎咽的路边面,大概未必有他所说的那么好吃;但他的心态在那里搁着,又会编词儿,谁都没法阻挡他开心。

后来苏轼到了海南,最辛苦时,北边船都不来,米都没有了。然而苏轼还是能穷开心：

北船不到米如珠，醉饱萧条半月无。
明日东家知祀灶，只鸡斗酒定膰吾。

——半个月没吃饱喝醉了，但寻思明天人家祭灶，他还能吃顿鸡喝点酒，美滋滋的。

开句玩笑话，这大概是最早的……海南鸡饭？

苏轼的《东坡志林》里，有个段子极妙，自称有一次爬某座山，看见半山腰一个亭子，想上去休息，爬了半天太累了，看着亭子绝望；忽然脑子一转，"此地有什么歇不得处？"

——为什么不就地坐下休息呢？

于是如鱼脱钩，忽得自由。

理解了这段，也就理解了后期的苏轼，以及苏轼的吃。

他说荔枝真好吃，为了荔枝宁可长留南方。

他说自己就贪一口吃的，一点都不思念故乡。

他说生蚝好吃，羊蝎子好吃，你们在都城吃不到。

苏辙吃不下的面，他三两口吃完了，说不要挑拣啦，一笑而已。

如果无法自在地回故乡，被四处贬谪，那就自在地歇息、饮食、散步、写作，清俭明快地快乐着，也不错吧。

大概，不是苏轼吃到的一切都好吃，而是苏轼抱持着"什么东西都可以很好吃"的心态；不好吃的，他也能写好吃了。毕竟对他这种心态而言，羊脊骨都能吃出蟹钳味儿，荔枝都能吃出江瑶柱和河豚味儿。

毕竟万水都是一源，也无风雨也无晴，就这样吧。

哪里都可以安心歇宿下来，哪里都可以随遇而安，也不一定非要回乡。

所以就不难理解，为什么苏轼似乎总能吃到好的东西了——因为在他那个放达心态下，没什么是不好吃的，没什么是不美好的。

恰如他自己所说，"吾上可陪玉皇大帝，下可以陪卑田院乞儿，眼前见天下无一不好人"。

《浮生六记》中苏州的吃

如此说未免失礼,但《浮生六记》的作者沈复,论文笔与见识,是不如李渔袁枚这些大才子的。

那么《浮生六记》何以动人呢?

用他自己的话说,这书"不过记其实情实事而已"。

恰因为记其实情实事,才显得好——不是他描述得多花团锦簇,是他笔下当日苏州的人情,他与他妻子芸娘的生活,好看。

书里的例子:沈复以为,贫寒之士,从起居饮食到衣服器皿再到房舍,都适宜俭省而雅洁。他爱喝点小酒,不喜欢布置太多菜。他妻子芸娘便依他的做派,为他置备了一个梅花盒:拿二寸白磁深碟六只,中间放一只,外头放五只,用灰色漆过一遍,形状摆放犹如梅花,底盖都起了凹楞,盖上有柄,形如花蒂。把这盒子放在案头,如同一朵墨梅,覆在桌上;打开盏看看,就如把菜装在花瓣里似的:一盒六种颜色,二三知己聚会喝酒时,可以随意从碟子里取来吃,吃完了再添——很精巧方便,也省得摆一桌。

他们一家住萧爽楼中时,嫌这地方暗,便用白纸糊了墙壁,就亮了。夏天楼下开了窗,没有栏杆,看去觉得空洞洞的,无遮无拦,便用旧竹帘代替栏杆。

夏天荷花初放时,晚上闭合,白日盛开。芸娘便用小纱囊,撮了少许茶叶,放在荷花心;明早取出,烹了雨水来泡茶,香韵尤其绝妙。

如此这般,居家过日子,不富裕,却也能过出味道来。

这些细节,平平无奇如实道来;动人处不在文笔,在趣味。

沈复没什么功名,才学也不算顶尖。在书中时时标榜好诗文喜风雅,性格上却是典型江南市民:好热闹,喜交友,爱声色美景与其他娱目的一切。他过的日子显得风雅,是因为当日的苏州,不少读过点书的市民,都多少是这样的做派——换言之,平均风雅水平太高了。

沈复的许多叙述,未必如他自己想象的那么有趣,但在"如实道来"方面,细微曲折,都点到了。故此《浮生六记》这书,大可当作乾隆年间苏州市井书生家庭的一幅卷轴画来欣赏。其好处,就在于这点真实。

且说吃。

沈复和他妻子芸娘最初结缘，与粥有关。三更晚上，沈复肚子饿，想找吃的。老婢女给他枣脯吃，沈复嘴刁，嫌太甜了——这个细节挺有意思。苏锡常的普通百姓，尤其老人家，确实爱吃口甜的；家境好的，口味就淡一些。

芸娘便暗牵沈复的袖子，到她房里：原来藏着暖粥和小菜呢。

江南这里，似乎习惯吃粥：早饭宵夜，惯例吃粥。上年纪的人觉得这样好消化。若来不及吃粥，也要吃稀饭——无锡则叫泡饭。

沈复后来就写了：芸娘每天用餐，必吃茶泡饭，还喜欢配芥卤腐乳，苏州惯称此物叫"臭腐乳"，又喜欢吃虾卤瓜——现在我们吃酱瓜，也与此类似。

这里有一点，显出沈复挺烦人：他大概对腐乳和卤瓜有偏见，说芸娘吃此二物，不避臭味，像狗或蝉。直到自己被芸娘也逼着试吃了，觉得还挺好。反过来沈复自己吃蒜，芸娘并不爱吃，为了照顾沈复，勉强自己吃了蒜，也没像沈复这么多嘴。且芸娘说起来也有道理：腐乳好在便宜，且下粥下饭两便。怎么看,都是沈复矫情。

芸娘还爱用麻油加少许白糖拌腐乳吃,也很鲜美;用卤瓜捣烂用来拌腐乳,起名叫"双鲜酱",味道异样美好——这点口味,现在依然。江南老一代人,许多喜欢酱油麻油合一的口味;用腐乳配酱油和白汤炖肉,也是我们这里乡下常见的吃法了。

苏州人不止爱吃,还讲美食美器,美景美人。故此整部《浮生六记》,沈复和芸娘都在琢磨,怎样让吃的过程,更加风雅:

夏天,租了别人菜园旁的房子,纸窗竹榻,取其幽静。竹榻设摆在篱笆下,酒已温好,饭已煮熟,便就着月光对饮,喝到微醺再吃饭。沐浴完了,便穿凉鞋持芭蕉扇,或坐或卧,更鼓敲到三更了,回去睡下,通体清凉。九月菊花开了,对着菊花吃螃蟹。说起来觉得这样布衣菜饭,终生快乐——的确如此啊。

所以才会有之后,妙趣横生的看花之旅:

当日沈复和朋友们寻思要去看花饮酒,只是带着食盒去,对着花喝冷酒吃冷食,那是一点意思都没有。当然有人提议:不如就近找地方喝酒,或者看完花回来再喝酒,可一寻思,终究不如对着花喝热的来得痛快。

于是芸娘想出了法子：她见市井中有卖馄饨的，担锅炉灶，无不齐备。直接雇个馄饨挑子热了酒菜。再带一个砂罐去，加柴火煎茶。次日这招真有用：酒肴都烫热温熟，一群人席地而坐，放怀大嚼。旁边苏州游人见了，无不啧啧称羡，赞想法奇妙。

妙在最后，红日西坠时，沈复又想吃碗粥。卖馄饨的那位还真就去买了米，现煮了粥。

——嗐，苏州人还是爱吃粥。

后来沈复出门溜达，还是到处找东西吃：

清明节去春祭扫墓，请看坟的人掘了没出土的毛笋煮了羹吃。沈复尝了觉得甘美，连尽了两碗，还被先生训说：笋虽然味道鲜美，可是容易克心血，应当多吃些肉来化解——出门扫墓，还想着吃笋肉羹呢。

他在紫云洞纳凉，看石头缝隙里透着日光。有人进洞，设了短几矮凳，摆开家什，专门在此卖酒。于是解开衣服，小酌饮酒，品尝鹿肉干，觉得甚是美妙，再配搭些鲜菱雪藕，喝到微醺，这才出洞——苏杭都讲究借景饮食，名不虚传。

他跟哥们去无隐庵，在竹坞之中，看到了飞云阁。四面群山环抱，横列犹如城池，远望见一带水流浸着天边，风帆之影隐隐约约，就是太湖了。倚着窗俯视下头，只见风吹动竹林梢头，犹如麦浪翻滚。如此妙景，忽然饿了，怎么办呢？庵中少年就想把焦饭煮了，作为茶点招待，沈复却吩咐，就让他改茶点为煮粥吧。

——又是粥！苏州人，还是爱吃粥啊！

提到苏州的吃，容我另插一句，苏州作家陆文夫先生，以及他的《美食家》。

《美食家》是本狡黠的小说。第一人称主角"我"是个反对美食、一心斗争的人，视美食家朱自冶——本文的实际主角——如眼中钉肉中刺。这二位数十年的饮食口味对决，也可当作20世纪中叶之后苏州的变迁史读。

且说小说里讲朱自冶年轻时，喜欢吃：每天早起，便要去朱鸿兴吃头汤面。吃面又极讲究：

硬面，烂面，宽汤，紧汤，拌面；重青（多放蒜叶），免青（不要放蒜叶），重油（多放点油），清淡点（少放油），重面轻浇（面多些，浇头少点），重浇轻面（浇头多，面少点），过桥……都有讲究，最后融汇成一句：

"来哉，清炒虾仁一碗，要宽汤、重青，重浇要过桥，硬点！"

所谓头汤面，是不能有面汤气，以求清爽滑溜。

这份细节的讲究，与沈复不那么富裕时依然吃得风雅的经历，可以互相映照。

其后，朱自冶又说要去木渎的石家饭店去吃鲃肺汤，去枫桥镇上吃大面，或者是到常熟去吃叫花子鸡。要到陆稿荐去买酱肉，到马咏斋去买野味，到五芳斋去买五香小排骨，到采芝斋去买虾子鲞鱼，买糟鹅，买油氽臭豆腐干，买各色风味小吃……这就不单为吃了，为的是个味道。

小说主角则认定，不能老是吃那么精致：什么松鼠桂鱼、雪花鸡球、蟹粉菜心……那么高贵，谁吃得起？就该让老百姓都吃白菜炒肉丝、大蒜炒猪肝、红烧鱼块、青菜狮子头……

如此，自然与朱自冶产生了矛盾。

之后时代变了，朱自冶们也翻身了。老厨师有资格谆谆教诲了：比如有名的鲃肺汤，鲃鱼的肺做的。鲃鱼很小，肺也只有蚕豆瓣那么大，到哪里去找大量的鲃鱼呢？其实那鲃肺也没有什么吃头，主要是靠高汤、辅料，还得多放点味精在里面……活鱼不能隔夜杀好了放冰箱，青菜不能堆在太阳底下，除了酒样样都得讲究新鲜，活炒鸡丁讲究手脚快，事先做好一切准备，乘鸡血还未沥干时便向开水里一蘸，把鸡胸上的毛一抹，剜下两块鸡脯便下锅……

这就是苏州式的精致。

大概苏州人的精致很节制，不华丽，不妖艳。清新雅致，纯出自然。如今去看，保留得最好的几条街，绿荫葱茏，白墙黑檐，气象清新。本世纪初，我曾看到过苏州街边一句广告语，所谓"江南之春由两杯茶开始"。会心不远。

2015年夏天，我去某地做活动。有位老师很热情，等活动完了，坚持要请我到某个大馆子，吃潮州海鲜（那个城市离潮州很远）。我推辞再三，总被道"别客气！别客气！！"我心想：真不是客气啊！到当地就吃当地的，何必吃海鲜呢……

隔几天到了苏州，一位做电台的苏州朋友，一句不问，直接拉我去个馆子：

鳝糊、糯米糖藕、黄酒，临了一大盆热乎乎的鲃肺汤。

我感动到热泪盈眶，真是物质和精神上都感到了知己。

这就是渗透到苏州饮食之中的风雅、精致与人情了。

大侠们吃什么？

金庸先生有一个妙处：武功风格，凑着人物性格。比如洪七公刚正侠义，用的便是阳刚简朴的降龙十八掌；黄药师聪慧绝伦，便自创了华丽斑斓的落英神剑掌。令狐冲性子潇洒，便独孤九剑无招胜有招；黑白子性格阴鸷，便用了滴水成冰的玄天指。

武功体现人格。吃的东西，亦然。

《射雕英雄传》里，郭靖与黄蓉张家口初见，在酒楼吃掉十九两银子，点菜之时，也可见各自风致。郭靖天真无邪，张口就要一斤牛肉，半斤羊肝，毕竟刚从蒙古来，就爱吃这一口。妙在这点菜风格，也大合郭靖后来终其一生的朴实刚直。黄蓉立刻给点了一串，连点菜都是她黄家家传、落英缤纷的风格，道是：

四干果、四鲜果、两咸酸、四蜜饯……干果四样是荔枝、桂圆、蒸枣、银杏。鲜果拣时新的。咸酸要砌香樱桃和姜丝梅儿，蜜饯是玫瑰金橘、香药葡萄、糖霜桃条、梨肉好郎君。八个酒菜是花炊鹌子、炒鸭掌、鸡舌羹、鹿肚酿江瑶、鸳鸯煎牛筋、菊花兔丝、爆獐腿、姜醋金银蹄子——

这些菜各有出处，多是来自宋朝笔记小说里记载。宋朝饮食重果子，《水浒》里就有安排果子下酒之说。黄蓉在鲜果上不甚挑剔，也是因为张家口在北方，当时时鲜果子不太易得。姜醋金银蹄子这菜，跟《红楼梦》里赵嬷嬷吃的火腿炖肘子感觉是一路，取其腌香肥厚吧。

小二听得咋舌，还被黄蓉训得点头哈腰，是为一快。话说，金庸小说里，很爱安排巧嘴姑娘对付饶舌店小二。《天龙八部》里，阿朱阿紫姐妹都曾经拿店小二开涮。阿紫风雪之夜，为了逗店小二，还强行点菜：红烧牛肉、酒糟鲤鱼、白切羊羔——听来确实符合荒村野店的风格。妙在阿紫点了菜，并不真吃，倒寻衅挑事，拿牛肉来擦皮靴。那一句说牛肉的油脂涂到靴帮上，顿时光可鉴人——我读着，觉得这红烧牛肉估计真的肥厚好吃呢。

《笑傲江湖》里，令狐冲带领群雄去少林寺救任盈盈之前,先去吃了份豆皮——豆皮脆糯好吃,又挺家常,很合令狐冲潇洒不羁的身份。如果让令狐冲去吃四干果四鲜果摆一桌,不大对劲。

《鹿鼎记》里,韦小宝给鳌拜下药,是下在囚饭的猪肉白菜里。这个菜颇有道理:满人历史上喜吃猪肉。乾清宫侍卫们轮班,就进克食——也就是白切肉。慈禧爱吃炸响铃——烤乳猪煎得脆了,起下了皮,蘸椒盐,还是在猪上找。

还是《鹿鼎记》里,有过一段很细的描写。韦小宝想哄云南来的小郡主沐剑屏吃饭,吩咐御厨房整治了过桥米线汤、蜜饯莲子煮的宣威火腿、云南黑色大头菜、大理洱海的工鱼干。当时厨子提醒韦小宝:过桥米线汤油很重,虽然不冒热气,但很烫。这个描写精致得很,看着都活色生香。比起后来韦小宝吓唬俄罗斯人,要用他们的肉来烤霞舒尼克,自不可同日而语。

除了吃饭,做饭也显手艺的。

说回厨神黄蓉。黄蓉自己后来给洪七公做菜,用来给她家靖哥哥讨降龙十八掌。菜倒是五彩缤纷,但细一看,所谓"好逑汤",就是樱桃斑鸠肉荷叶汤;"玉笛谁家听落梅"则是肉条拧在一起烤的;工艺复杂,倒未必多好吃;后来又提到,黄蓉在火腿上嵌进豆腐球炖，估计味道不差，但总觉得工艺难度胜过味道。大体黄蓉这些菜，看着花哨，字句好看，真吃起来，想不出什么味儿。倒是洪七公啧啧想吃的鸳鸯五珍烩，据说是宋朝御厨全套家什才能做得；烩菜是看火候的，想来一定不错。

后来《神雕侠侣》里，洪七公华山上与欧阳锋决斗前，先吃了次炸蜈蚣。杨过在旁帮厨，看得咋舌不下。洪七公是将蜈蚣去壳、煮干净、下油炸，香脆鲜浓，我总想象，跟炸虾仁差不多味道。

《天龙八部》里，阿碧与阿朱都是江南姑娘，给段誉做了顿饭，段誉当场猜出来了："这樱桃火腿，梅花糟鸭，娇红芳香，想是姊姊做的。这荷叶冬笋汤，翡翠鱼圆，碧绿清新，当是阿碧姊姊手制了。"——真是有贾宝玉风范啊，心思细得很。

我猜金庸先生对湖南菜有好感，所以《笑傲江湖》和《飞狐外传》里，令狐冲和胡斐都大吃湖南菜。金庸写，湖南菜"筷极长，菜极辣"，很有豪气。

《连城诀》里，戚芳与狄云开场作为湖南乡下人，招待来客，杀了只鸡，煮了大盘白菜与空心菜，一盘盐水泡红辣椒。菜既简朴而好吃，很有"故人具鸡黍，邀我至田家"之风；一盘盐水泡红辣椒，是得了湖南乡土菜之精髓了。空心菜则是贯彻全书的一个密码，很动人。

还是湖南。《飞狐外传》里，程灵素给胡斐做了三碗菜：煎豆腐、鲜笋炒豆芽、草菇煮白菜。没有荤菜，但鲜美异常。与胡斐同行的钟二爷心虚怕有毒，不敢吃；胡斐欢然吃了，以真诚得了程灵素芳心。单是这三个菜，我看着也舒心：笋炒豆芽、菇煮白菜，鲜是一定鲜的，豆腐又有蛋白质，健康得不得了，也合程灵素人淡如菊的风骨。一旦读完了全书，知道了结局，每次重读到这里，看这一桌菜，真是断肠，真想骂胡斐两句：程灵素多好的姑娘啊，又懂医疗保健又会做菜，对你还是生死以之的真心，干嘛非要喜欢不守清规戒律、到处踢馆、连真名都瞒着你的袁紫衣呢？

《倚天屠龙记》里，张无忌与周芷若虽然久别，但一饭之恩，不敢稍忘：只因当日周芷若喂饭给张无忌吃时，将鱼骨鸡骨细心剔除干净，每口饭中再加上肉汁——我看着都觉得好吃。宋青书为了这一口，大概死都甘愿吧。可见世事多不公平。

张无忌在去万安寺救人之前,和赵敏在北京的小酒店吃饭。吃的什么呢?涮羊肉。这是赵敏极可爱处:她一个郡主,呼风唤雨,什么弄不到?但请张无忌吃私饭,就是一锅涮羊肉。既豪迈,又随意,热络喧腾,自家人。当场喝了酒,张无忌看着酒杯上的胭脂印,怦然心动。

周芷若是汉水边的姑娘,请张无忌吃鱼肉汤饭;赵敏是蒙古姑娘,请张无忌吃涮羊肉。殷离当日看张无忌腿骨折了,是请他吃鸡。

张无忌的口福,也真是连带着感情戏。

因为是浙江人,金庸小说里江浙一带,也很细致。《天龙八部》里,金庸写段誉到无锡:

"进得城去,行人熙来攘往,甚是繁华,比之大理别有一番风光。信步而行,突然间闻到一股香气,乃是焦糖、酱油混着熟肉的气味。"

——焦糖、酱油混着熟肉,金庸把握住了无锡民间饮食的精髓……接下来,段誉就要和萧峰在这种饮食氛围下,咚咚咚喝掉四十来碗酒,变成兄弟了。

又《书剑恩仇录》里,小说约 1/4 的篇幅发生在杭州,于是出现了以下吃食。乾隆被玉如意骗回妓院后，见的菜式：

> 乾隆见八个碟子中盛着肴肉、醉鸡、皮蛋、肉松等宵夜酒菜，比之宫中大鱼大肉，另有一番清雅风味。这时白振等都在屋外巡视，房中只有和珅侍候，乾隆将手一摆，命他出房。女仆筛了两杯酒，乃是陈年女贞绍酒，稠稠的醇香异常。

如此下酒，实在是妙绝。也难怪乾隆乐不思蜀了——比起宫里什么"燕窝红白鸭子南鲜热锅"，什么"山药葱椒鸡羹"，还是这几样菜看得舒服啊！

在一段几乎大家都忘了的情节里，陈家洛回海宁老家，见自己小时候的丫鬟晴画。待要走时，晴画要他吃东西，道是：

> 捧了一个银盆进来，盆中两只细瓷碗，一碗桂花白木耳百合汤，另一碗是四片糯米嵌糖藕，放在他面前。陈家洛离家十年，日处大漠穷荒之中，这般江南富贵之家的滋味今日重尝，恍如隔世。他用银匙舀了一口汤喝，把糖藕中的糯米球一颗颗用筷子顶出来，自己吃一颗，在晴画嘴里塞一颗。

金庸小说，向无闲笔，尤其是修订本，该删的早删光了。

而居然如此,细致描绘菜名和吃喝细节,通贯浩荡十四部,再无第二处。

仅就这一段,我是这么猜的:这里描述的,是地道的海宁吃食。金庸自己,是海宁人。

一如余华写浙江、莫言写高密、老舍写北京、汪曾祺写高邮似的。

所谓故乡风味,无时或忘,萦人至此。大概金庸写到这里时,是真的想浙江老家了吧。

说及金庸小说里的浙江,另有一个好玩的所在:

《神雕侠侣》里,嘉兴姑娘程英给杨过包过粽子吃。

《鹿鼎记》里,湖州姑娘双儿也给韦小宝包过粽子。

杨过吃着粽子,程英感叹:"你真聪明,终于猜出了我的身世……我家乡江南的粽子天下驰名,你不说旁的,偏偏要吃粽子。"

韦小宝吃着粽子,说:"双儿,这倒像是湖州粽子一般,味道真好。"双儿答:"你真识货,吃得出这是湖州粽子。"

作为浙江人,金庸先生对粽子,显然念念不忘。

程英给杨过做的粽子,甜的是猪油豆沙,咸的是火腿鲜肉。双儿给韦小宝做的,是肉香糖香俱全的,大概甜咸都有。

真是用心熨帖，可爱极了。

程英这个粽子，还有后续。杨过用粽子沾了她写字的纸来看，但见"既见君子，云胡不喜"。对杨过的感情，都在里头了。

当然，粽子与粽子，结局不太一样。

《神雕侠侣》里，杨过吃了程英的粽子，但终于还是只爱小龙女；他与程英拜了兄妹，随即离开；程英在杨过离去后，对同样钟情杨过的陆无双说了段话：

"三妹，你瞧这些白云聚了又聚，散了又散，人生离合，亦复如斯。你又何必烦恼？"

到了《鹿鼎记》，按惯例，按美貌，按主角的倾心程度，明显韦小宝该跟阿珂在一起的，双儿本该与程英一样，是女配角。

但这次，金庸先生没这么写：美貌如阿珂，被他写得相当不可爱，而双儿一直可爱得很。

终于后来，韦小宝在岛上见到双儿时的反应，露了真心，一把抱住，大叫"好双儿，这可想死我了"。当时一颗心欢喜得犹似要炸开来一般，刹时之间，连阿珂也忘在脑后。须知韦小宝一辈子的情意，从来吊儿郎当，半真半假。这里大概是全书仅有的一次，真情流露了。

通读过《鹿鼎记》的自然知道：

双儿是从一个女配角，慢慢超过了美貌第一的阿珂、天生贵胄的公主、武功高绝的苏荃、最早认识的小郡主，成了第一女主角。

我觉得，这是金庸先生对双儿，也包括对程英、仪琳、钟灵们这些深爱男主角，但没得到男主角爱情的女配角们，一点歉疚与补偿。

大概是，天涯海角各种酸甜苦辣见识下来，还是承认双儿包的粽子最好吃——就是这个意思吧？

说完金庸，顺带说古龙。

相对金庸而言，古龙很少刻意拟古，去写四干果四鲜果两咸酸四蜜饯这些。倒是很喜欢吃些我们熟悉的菜式。

古龙笔下阴险的反派，不少都爱吃蛋炒饭。《白玉老虎》里的唐玉，前一晚杀了人，早起用半斤猪油、十个鸡蛋，炒了一大锅蛋炒饭，看着都香。《多情剑客无情剑》里，有两个孩子哭着要吃油煎饼，被妈妈骂了："等你们老子发财，再吃油煎饼吧！"孩子道："发了财就不要吃油煎饼了，要吃蛋炒饭！"

《决战前后》里，陆小凤想念老北京的早点，用火烧夹着猪头肉，就着咸菜豆汁，一喝就是三碗。还说第一怀念的是豆汁，第二是炒肚，尤其是火烧炒肝，再就是褡裢火烧和馅饼。

《欢乐英雄》里四个穷光蛋主角，有了钱也不过考虑吃个烧腊，燕七有碗面窝几个鸡蛋就满足。

《多情剑客无情剑》里还有个被上官金虹剖了的龙套，吃的倒是奎元馆，大概古龙对杭州面点有好感。后来《七种武器》里《碧玉刀》，也是写杭州的吃一溜够：虾爆鳝面、油爆虾、排骨面浇头、菜肉包、盐件儿、蒸鱼丸、酥藕、炸八块，外加竹叶青。

除了欧阳情给陆小凤的泡螺见于《金瓶梅》，似乎古龙一般只写我们能吃到的东西，很亲民。我很怀疑，他写的就是他日常自己吃的东西。

大概，古龙笔下，雍容帅气的儒侠相对少，更多的是被现实生活所迫、纠结不已的落拓江湖人。他们的饮食做派感受，都很接近现代人，只是恰好身处古代背景，还会武功。

陆小凤和楚留香忙于破案。郭大路、王动和燕七们忙着过小日子。傅红雪忙着追查公子羽的真相。小鱼儿忙着追查自己的身世。赵无忌忙着报父仇。李寻欢忙着拯救阿飞和摆脱自己的心结。

古龙便是如此,给主角们一个无朝代背景的江湖身份,给读者一个视角,让他们自己走江湖。他们吃的,也都是很现代的食物,如此才有活灵活现的代入感。

大概我们在宵夜馆吃着蛋炒饭时,隔壁坐的,就是一位古龙的大侠呢。

好玩的是,古龙好像很爱吃辣。说到辣菜,一气呵成。

《白玉老虎》里,一口气列的:豆瓣烧黄河鲤鱼外,点了一样麻辣四件、一样鱼唇烘蛋、一样回锅酱爆肉和一碗碗豆肚条汤。

《绝代双骄》里,小鱼儿要的:棒棒鸡,凉拌四件,麻辣蹄筋,蒜泥白肉,肥肥的樟茶鸭子,红烧牛尾,豆瓣鱼。

——吃口好辣!好江湖!

我原想是因为古龙笔下人物,比较江湖气,爱一口油辣;不像金庸笔下陈家洛相府公子,还要吃糯米糖藕。

后来一转念,查了一下:

古龙籍贯南昌,年轻时又住在过汉口,他爱吃辣——嗯,立刻就理解啦。

鲁迅先生的吃

小时候老师上课,按着教学大纲贴标签。说起鲁迅先生的小说,总不免强调"批判、抨击"之类,又要提炼中心思想,又要归纳段落大意……

可是说到《红楼梦》,虽然也是"批判了封建社会的ABCDEFG",可是衣裳饮食,却能一一读来。

其实书本无辜,读者有心。鲁迅先生的小说也是小说,也有描绘世情之处。单把他的小说提炼中心思想,太可惜了。

先生既对现实主义小说有好感,描摹极精。《呐喊》里多写浙江乡间风物,就写得很细。

《狂人日记》,最吓人的一句是说蒸鱼,"鱼的眼睛,白而且硬,张着嘴,同那一伙想吃人的人一样。吃了几筷,滑溜溜的不知是鱼是人"。我初看这句后,几个月见蒸鱼都毛骨悚然。后来重读,想到另一个点:

"原来浙江人也蒸鱼啊!"

有广东朋友对我总结，有资格被蒸的鱼是好鱼。被蒸的鱼自己未必快乐，但可见品第之尊。在江苏、浙江、广东几地吃的蒸鱼，有些差别。江浙蒸鱼，除了浙江临海的之外，多为河鲜湖鲜，有江鲜最好。粤地蒸鱼，有相当的比例是海鱼。江浙不靠海的长辈们，吃鱼更多吃个细，吃个味道。我们老家那里，普遍不把鱼当肉菜，就吃个鲜。粤地蒸鱼里，有相当部分是所谓实肉鱼。白仓、桂花、龙䲆。是能吃到肉头的。

大概一个典型的长三角地区蒸鱼流程是：一条活鱼收拾干净，入盘，放葱姜，有的还要放香菇笋片，甚至还有放酒糖盐粉的。蒸15分钟，出锅下麻油。

而一个典型的广东蒸鱼流程是：一条活鱼收拾干净，水开了才放下去，蒸7分钟，迅速洒葱丝，熟油豉油一浇。鱼肉如玉，到蒸不见血就好，多两分钟就老。

我认得许多老广东人家，会自制豉油来蒸鱼，无论先腌后蒸还是清蒸完佐酱油，都是精细活，火候是差不得丝毫的，非高手莫办。

《端午节》里的方玄绰，是个"差不多先生"，气质更接近《彷徨》里的知识分子。虽然百无一用是书生，但是颇油滑有无赖气,没钱了还让仆人去赊莲花白来喝。

莲花白这种酒,创制的年代说法颇多,元明清的说头都有。我听过的一种做法至简易,白酒加莲花蕊泡即可。传说民国时,北京的莲花白是宝竹坡先生发明的,又都说秋天喝莲花白吃熏雁翅听秋雨是人生妙境,那么,大概,民国时的莲花白是清新可人的吧?

《故乡》里有著名的闰土和瓜田,以及豆腐西施这个名角色。闰土给迅哥儿送了自家晒的青豆。我们乡下也晒青豆,一般放在大匾里晒于土场。晒干后配笋丝,可以当零食吃,可以下粥。青豆不如干黄豆脆,嚼来很韧,是方便又耐吃的小食。闰土送的礼很合于早年乡间规范:不贵重,但耐吃耐藏,确实有用。新鲜的青豆,我自己习惯拿来炒蛋炒饭。

迅哥儿的母亲知道闰土没吃午饭,便让他自己到厨下炒饭吃去。我很怀疑此处的炒饭就是油炒干饭。我小时候吃惯的是蛋炒饭——虽然我妈技艺寻常,只是普通的碎金饭,做不来"金包银",但终究有蛋。有年下乡被留午饭,乡邻端来一碗油炒饭,一碗酱油葱丝汤。乡间简朴,油炒饭就是油和盐将饭一炒,取一点油香和味道,不至于让你嚼干饭之意。江南乡下似乎多有类似作风:炒饭好过白饭,劣茶好过白水,总归得意思一下，不然唐突了客人。

《孔乙己》里有黄酒、盐煮笋和著名的茴香豆。

黄酒在浙江籍作家的书里必不可少，余华《许三观卖血记》里黄酒就是重要剧情道具。盐煮笋大概是盐水煮笋，是下酒的好东西。也有人跟我说盐煮笋就是扁尖，不太确定。在我故乡，扁尖用来煮汤、炒肉等，远多于下酒了。茴香豆随孔乙己名动天下，大概桂皮、盐、茴香炮制蚕豆所制。酥软糯韧，其味隽永，名垂千古的零食，和金圣叹"花生与豆腐干"一起，合为读书人的下酒秘宝。

《药》里，华老栓做那著名的馒头时，被人误为炒米粥。我们那里，炒米粥口感很奇怪，有些韧有些脆还有些沙，香倒是肯定的。听说以前乡下有孕妇爱吃口甜的，就加红糖煮炒米粥，极香。

华老栓给人上茶，茶碗里加了一个橄榄。这和《金瓶梅》里，孟玉楼给西门庆喝的茶有些像。橄榄茶在我家乡又叫元宝茶，老年人爱喝，可以去热解酒治嗓子疼。

阿Q是中国小说史上一位奇人。既然如此典型，少不得生活处处都典型，可以拿来做 20 世纪初浙江无聊赖乡民的典范。

　　阿 Q 喝黄酒，喝完了吹自己和赵太爷是一家，挨了嘴巴。本来黄酒不如白酒之烈，我所见喝黄酒者极少醉，大多脸红目亮，逸兴遄飞。所以阿 Q 不常醉，只是兴致容易高而已。

　　油煎大头鱼，未庄加半寸长葱叶，城里加切细的葱丝。阿 Q 以未庄为标准，以城里为错。这么一想，我家乡家常做菜，以葱调味，都是放葱叶的。油煎红配葱叶碎绿，煞是缤纷。葱丝切细似乎是馆子里的做法，细巧些，似乎配蒸鱼的居多。

　　阿 Q 不小心对吴妈表白失败，在未庄成了过街老鼠，饿极思变，去尼姑庵偷东西吃。没偷笋，因为未熟；油菜结子，荠菜将开花，小白菜也老了——统统吃不得了。最后偷了三个老萝卜，结果还几乎遭了狗咬。

　　这里的细节很到位：萝卜比起笋、油菜、荠菜、白菜的好处，是可以生吃。老北京有叫卖，"萝卜赛梨，辣了换"，清凉爽脆。赵丽蓉奶奶当年春节晚会上有个小品，有个菜叫"群英荟萃"，说穿了就是萝卜开会。巩汉林当时还编歌唱："吃在嘴里特别的脆。"

当然阿Q还是很可怜的,因为拣的是个"老萝卜"。我们这里吃萝卜,讲究新脆。"吃了萝卜加热茶,气得大夫满街爬"的谚语众所周知,但如果是凉茶+蔫萝卜,未免无趣。萝卜一软,口感打折。老萝卜无汁不脆而且通常辣味重,不会太好吃。如果干脆做成萝卜干倒还罢了,可惜阿Q连笋都懒得煮,多半是生吃的了。

《风波》里主要的场景是吃饭,因此饭是少不得的。先是端出"乌黑的蒸干菜"和"松花黄的米饭",画面感极强。

干菜者,霉干菜也,天下皆知,蒸透后依然有干酥松脆的口感;其味醇厚,和扣肉一起蒸,借了五花肉的肥甘脂膏,甜香酥融,馥郁芳菲,销魂之极。既使不做扣肉,单拿来下饭:霉干菜之味鲜浓甜香,口感又干酥松脆,铺在软糯的米饭上,色彩、味道、口感都有极华丽的对比,诱人得很。

米饭会松花黄,我知道的大概有俩原因。一是米饭做完后不即吃,又高温闷久了,似乎会泛黄;二是糙米做饭。《风波》里,我怀疑是后者。汪曾祺先生说以前的米铺,精米没什么人买。大家不是买不起精米,而是吃惯糙米,觉得吃精米有些"作孽"。

九斤老太感叹"一代不如一代",还抱怨吃炒豆子会吃穷一家子。六斤捏着一把豆藏起来,独自吃。老太太还抱怨豆子硬。

浙江人吃黄豆不如北方繁密,因此我怀疑,所谓炒豆子,多半是《故乡》里闰土送迅哥儿那种青豆。青豆加盐炒,韧而脆,和瓜子一样,一旦吃起来就没完。但有时的确会硬一些,老人家会痛恨。

《风波》虽短,但对浙江民间饮食面目之概括,不下一幅缩略版《清明上河图》。霉干菜、糙米饭、炒豆子,如果加上咸亨酒店的黄酒、茴香豆、盐煮笋,很体现浙江民情。还有个场景细节:

九斤老太一家们吃饭,是在自家门口的土场。所以赵七爷可以一路跟人聊着便过来了。

我们那里乡下,以往也惯例如此:亚热带,所以大家可以在户外吃饭,一溜木结构的房屋,门前大家摆矮桌、小凳吃饭,各自鸡犬相闻,一边吃饭一边可以隔着三五家大声聊天。大家吃饱了便就搪瓷杯喝茶,打饱嗝顺气。

《社戏》算是鲁迅先生最清新的一篇小说，田园水乡，风神俊雅。开始说钓虾吃，江浙乡里做虾一般图省事，水里放姜煮虾，取河虾清甜原味，如果嫌淡，再加酱油。

最妙的情节，就是社戏归来的煮罗汉豆。据说罗汉豆"结实"，已经引人食欲；迅哥儿带头剥豆，用了八公公船上的盐和柴煮来吃了。罗汉豆者，蚕豆也。盐水煮蚕豆，不如茴香豆味道长远，但新剥的蚕豆有豆子的清香，而且口感嫩脆，极好吃。何况当时气氛着实太好：清夜河上，泊船小友，月光下肚子饿了吃吃煮蚕豆，恍然有诗境。末了把豆荚豆壳往河里一倒，月下归航。

您看，单把鲁迅先生安一堆什么什么家的头衔，不免忽略了他的柔情。我所见江浙水乡的描写，没一个比这社戏月夜吃豆瓣，更清暖无邪了。

鲁迅先生写《呐喊》，多绍兴农家乡野气息。写《彷徨》，多城市里知识分子气。但是开篇的《祝福》，倒还有些田园风。

旧时祝福主要是祭祀，杀鸡、宰鹅、买猪肉。其实祖先已逝，一来未必吃得到，二来未必爱吃——天上神仙爱吃金丹蟠桃，姑射山仙人爱餐风饮露，你弄一堆高脂肪高蛋白，祖先未必消化吧。当然我国祭祀，主要是给活人看的，所以以活人之心度死人之腹，就这么吃了吧。

我问过浙江的朋友，他说，老年代祝福，是煮了五牲拜过，然后用煮五牲的水煮年糕吃，以"散福"。我猜五牲白煮，好吃不到哪去。

迅哥儿见过祥林嫂后心虚，想去吃清炖鱼翅。鱼翅出了名的借味菜，要靠好汤；袁枚又说不能省料，不然乞儿卖富，反露穷相。现在当然也不提倡吃了，不提。大概鱼翅这个细节，更像在说迅哥儿与祥林嫂不是一个阶层的人。

祥林嫂淘米下锅，打算蒸毛豆。做饭时顺便蒸东西，江南很常见，蒸肉、鱼的都有。饭煮熟，菜蒸罢，郁郁菲菲的香气。蒸毛豆和煮毛豆都是清新的吃法。讲究些的加些油，以添香气，但大多是清蒸。毛豆蒸过，脆而酥糯，而且自有毛豆本身的清凉，用来下酒是很好的。

《幸福的生活》是超级讽刺文，强要幻想出一片完美场景来，我有个做时尚编辑的朋友感叹说，许多底层编辑就在重复类似的生活：吃着馒头凉水，聊着熊掌燕窝。

且说男主角当时想吃的，就要来碗"龙虎斗"，可是他也不知道龙虎斗究竟是蛇＋猫还是蛙＋鳝鱼。

我小时候一直疑惑，蛇有啥好吃，至于如此紧俏？后来和人讨论的结果，古代岭南庄田不丰，谷物难长，动物倒多，所以拿蛇来吃，也算补充蛋白质。广东有蛇粥，有蛇火锅，有蛇羹，但蛇羹里蛇缕缕如丝，和鸡丝味道相似，吃之前还颇有仪式，要服一枚蛇胆，以示"咱这是货真价实"。在小说里，幻想中的龙虎斗和现实中的白菜堆，恰成对比。

据说以前食品供应不发达时，北方许多所在，为了过冬囤白菜，得想尽办法，蔬菜稀罕，有"洞子货"的黄瓜都要引为一宝。白菜和萝卜是平民百姓一宝。冰清玉洁的外貌，吃来也轻脆爽口，怎么做都好吃。而且性格平易好调理。最简单的，拿来涮锅子，蘸点蒜泥香油或芝麻酱都能吃，还能解羊肉之腻；最后吃不完，还能做芥末墩儿。

《伤逝》是文艺男青年和文艺女青年的现实生活写照，到最后子君终于心力交瘁而去，留给了涓生"盐、干辣椒、面粉、半株白菜"。再怎么不食人间烟火的爱情，终究也得柴米油盐。让我感兴趣的倒是"干辣椒"这三个字。我去贵州、川中、江西，都见过对干辣椒爱若珍宝的。但浙江以至于江南，干辣椒就少见些。当然鲁迅先生爱吃辣天下闻名，这里大概把自己代进去了。

《孤独者》里，孤独的魏连殳颇落寞时，迅哥儿买了烧酒、花生米和两个熏鱼头去看他。我不太敢确认熏鱼头是哪种，因为熏法似乎各地有不同。我故乡的熏鱼，是用酒和酱油把鱼腌过。等鱼腌透入味，再油炸之，另加调味料。鱼熏完后酥脆香浓，炸的火候大些，可以和脆鳝媲美。

《在酒楼上》，被有些人认为是"最富鲁迅气氛"的一个小说。我私人以为结尾"见天色已是黄昏，和屋宇和街道都织在密雪的纯白而不定的罗网里"，极有美感。按整体的清冷氛围，加了吕纬甫彷徨地自述，令人不胜凄凉。

全文里唯一暖和些的，也只有这几个菜：先是"一斤绍酒"，此后是"十个油豆腐，辣酱要多"，以及"茴香豆，冻肉，油豆腐，青鱼干"。

油豆腐是油炸过的豆腐，再经水煮。豆腐油炸后外酥内嫩，口感极妙，内里会结丝一样绵软透空的感觉。因为中空，所以汤煮、酿肉都好。小说里的吃法是煮过，再加辣酱。鲁迅先生之爱吃辣，可见一斑。而且他老人家口味颇重，感叹辣酱淡薄，"本来 S 城的人是不懂吃辣的"。

青鱼干，我故乡过年时家里会自制，取"年年有余"的口彩。青鱼剖了，扎几个孔，用盐腌了，鱼头尾另剁了炖汤。我听说有手艺好的人家，可以把青鱼用酒酿（四川所谓醪糟）、酱油等腌糟再吃。小说里这里大概是普通青鱼干，可以空口吃来下酒，也可以蒸透了吃。

这一席菜上来后，小说所谓"楼上又添了烟气和油豆腐的热气，仿佛热闹起来了；楼外的雪也越加纷纷的下"。那意思是，除了煮油豆腐加辣酱，其他菜大概都属冷菜。本来小说格调清冷，的确也只适合配这些菜。如果上一大碗冰糖肘子、红烧鲫鱼、糖醋排骨，则小说的落寞调子，就会被破坏了。这样黄酒、煮豆腐和几样绍兴腌制冷下酒菜，倒和林冲风雪山神庙的冷牛肉相似。你依然能感到寒意，但不至于觉得人间冷绝。

本来冬天饮食，便是如此。吃麻辣火锅到大汗淋漓，浑忘了今夕何夕的时候，毕竟太少太少。大多数时候，我们也就和《在酒楼上》一样，独自一人一点点地啜烫茶热酒。能如小说中这样，在江南这清寒浸肤而不入骨的冬季，凑出一点暖意，也就差不多了。

老舍的吃

您若只读老舍先生的《骆驼祥子》和《茶馆》，不一定能想得到：这么位老北京范儿的先生，其实是留过洋的。

有些位作者，可能一辈子都在中国，但读外国书多，举手投足遣词造句，一派西式风味；老舍先生是正经去过英国的，但地道北京话，一世不忘。

笔下吃食，也是如此。

"我生在北平，那里的人、事、风景、味道和买酸梅汤、杏儿茶的吆喝的声音，我全熟悉。一闭眼，我的北平就完整的像一张彩色鲜明的图画浮现在我的心中。"他自己是这么说的。

朱自清先生《欧游杂记》里也写英国吃食，描写起来，更多是带点"世界真奇妙"的猎奇心思。老舍先生写欧洲饮食时，则常站在老北京视角，说话带戏谑居多。

《二马》里，老舍先生安排习惯老北京范儿的老马先生去伦敦，对英国饮食提了不少看法。比如：

"花钱吃东西，还得他妈的自己端过来，哼！"

"几个先令的事还计较，哼！"

看英国阿姨给他端来一壶茶、一盘子凉牛肉、一点面包和青菜，都是凉的，就皱眉。觉得火鸡和凉牛肉都没吃头，想念致美斋的馄饨，想念北京的饽饽。去馆子里吃了面，必得喝茶消食，不慌不忙。

小说又借久居英国李子荣之口说了，英国人摆饭的时间，比吃饭的时间长。体面人宁可少吃，也要干净。

大概反过来看，就能看出老马先生传统老北京理想中，吃东西的范式了：

得有人伺候；得不计较；热乎的；大量碳水化合物；干净不干净在其次，吃得饱、吃得香特别重要。

像《骆驼祥子》里，祥子是车夫。

要写好一个车夫，写吃尤其得注意：民以食为天。体力劳动者奔忙，就是图三餐嚼谷。写得好不好，吃的细节很重要。

老舍先生写，祥子攒了三年的钱，买了第一辆车；过于快乐，遂将买车日定为自己的生日。为了过这个大日子，头一个买卖必须拉个穿得体面的人,然后,应当在最好的饭摊上吃顿饭:比如热烧饼夹爆羊肉。

是的,热烧饼夹爆羊肉,这就是祥子所谓"最好的饭摊"了。

齐如山先生说,烧饼就是有芝麻的火烧:白面擀成片加油盐,卷上截断,团弄成球再擀为圆形烙之。具体又分:吊炉烧饼,铛上下都有火,饼放铛内,上下烤之,如此则容易松酥。

焖炉烧饼,放入坛内烤之,面中加酥较多,有豆沙、白糖、猪肉、萝卜丝等馅。

芝麻酱烧饼,与吊炉烧饼做法大致相同,惟多加芝麻酱及煳花椒盐,没馅儿。

祥子吃的,应该是焖炉烧饼夹新爆羊肉吧。

后来祥子被捉了壮丁,逃回来了。于是:

"找到了个馄饨挑儿,要了碗馄饨,呷了口汤。觉得恶心,含了半天,勉强的咽下去;不想再喝。可是,待了一会儿,热汤象股线似的一直通到腹部,打了两个响嗝。他知道自己又有了命。"

——老北京的馄饨,惯例是喝的,据说大酒缸附近常有,喝汤解酒。

祥子回北平城,一段到桥头吃老豆腐的描写极精彩:

醋,酱油,花椒油,韭菜末,被热的雪白的豆腐一烫,发出点顶香美的味儿,香得使祥子要闭住气;捧着碗,看着那深绿的韭菜末儿,他的手不住的哆嗦。吃了一口,豆腐把身里烫开一条路;他自己下手又加了两小勺辣椒油。一碗吃完,他的汗已湿透了裤腰。半闭着眼,把碗递出去:"再来一碗。"

——这一碗老豆腐,比起馄饨,显然鲜活得多了。说食材也不算高级,但韭菜末、辣椒油、花椒油,滚烫的豆腐,很平民,很老北京,就能把祥子救活了。

祥子重新开始拉车,依然拼命。为了形容他俭省自苦,一个细节:说别的车夫跑上一气后,去茶馆喝好茶,加白糖;祥子不肯,即便跑得胸口发辣——这个细节,是体力劳动者特有的经历。民国时所谓上等人,喝香片茶,务求清澈,哪会加糖；也就是劳动人民，喝茶加糖，有如今日的功能饮料，是为了补体力。

祥子后来慷慨了一次，是看见饿到晕倒的小马儿他爷爷，祥子买了白菜叶托着的十个羊肉馅儿包子。这细节看似不大，但得考虑，祥子是个"热烧饼夹爆羊肉"就算"最好的饭摊上"的了。这一下十个包子，那是劳动人民穷帮穷，真仗义。羊肉馅儿包子，那是羊肉剁烂加葱末、姜末、香油、煳花椒面、酱等做的，吃着该很香吧。

顺道说说羊肉。

老北京人爱羊肉。据说前清到民国，老北京吃羊肉的挑剔起来，要张家口外肥羊，秋天运到玉泉山放养，吃青草喝泉水，好比斋戒沐浴了，这才进得京来，这才够资格被片，下锅挨涮，如此没有膻味。

像北京许多老字号，专门养一群片羊肉的师傅，大概个个都是庖丁转世，目无全羊，游刃有余。只干一季活，挣一年工钱。

老北京涮羊肉时，片肉可以薄如雪花，委实好手艺。挑剔一点的，说是一头羊出四十斤肉，也就有十五斤够资格来涮。更有故老相传，涮羊肉好吃的，只有五处：上脑嫩，瘦中带肥；大三岔，一头肥一头瘦；小三岔，是五花肉；磨裆，是瘦肉里带肥肉边；黄瓜条，取其嫩和肥瘦相间。大概好羊肉一涮一顿，半生半熟，肌理若有若无，嫩香软滑，入口即化吧。

又据说老北京到冬天"加个锅子"，就是吃热锅，大概那涮羊肉往往是主角。刘四爷办寿宴，"亲友们吃三个海碗，六个冷荤，六个炒菜，四大碗，一个锅子"。锅子是压尾的，可见隆重。

老舍先生另一个小说《离婚》里头，羊肉戏份很多：

"他的口腔已被羊肉汤——漂着一层油星和绿香菜叶，好象是一碗想象的，有诗意的，什么动植物合起来的天地精华——给冲得滑腻，言语就象要由滑车往下滚似的。"

《四世同堂》里，描述美食，"雪白的葱白正拌炒着肥嫩的羊肉；一碗酒，四两肉，有两三毛钱就可以混个醉饱"。

这就是老北京跟羊肉的瓜葛啦。

后头祥子被算计了，丢了差事，到老程家借住。老程请他吃早饭，酬劳他打扫院子，端两碗甜浆粥，配不知多少马蹄烧饼和小焦油炸鬼——也就是今时今日的油条。

这早餐规格挺高：老北京吃法，讲究煎饼果子配砂锅粳米粥。甜浆粥是粥里加了豆浆和糖，挺高级。马蹄烧饼很重油酥,比一般一箩到底的粗烧饼精致得多。老程劝祥子那番话,代表了普通车夫们——即,没有早期祥子那么上进,但也没后期祥子那么堕落的车夫们——的生活态度:

"没沏茶,先喝点粥吧,来,吃吧;不够,再去买;没钱,咱赊得出来;干苦活儿,就是别缺着嘴,来!"

这顿吃过,祥子就进入另一种状态了——独立攒钱买车的雄心壮志没有了,开始看着日子过了。

祥子半被迫地娶了虎妞,组建了家庭,吃上了正经饭:虎妞给他做了馏的馒头,熬白菜加肉丸子,一碟虎皮冻,一碟酱萝卜——熬白菜极香美。

细看这桌菜吧:

馏馒头自然好过寻常烧饼,软乎。

肉丸子味道一定比祥子寻常吃的肉香,熬白菜加丸子,也算是有荤有素了——老北京讲究点的,还得加豆腐、粉丝、海带呢。

虎皮冻和酱萝卜在北京算年菜之一——过年时不动炉灶,也能拿来下酒的妙物。

虎皮冻我自己做过:猪皮,也可以夹杂一点儿猪肉,下锅煮到稀烂,切成块儿,然后下一点儿盐,喜欢的搅和点儿豌豆、胡萝卜丁、笋碎儿；也可以径直把煮烂的猪皮肉调好了味，加一点儿湿淀粉，搁冰箱里。冻得了，取出来切块或切丝。凝冻晶莹，口感柔润，猪皮凉滑，偶尔夹杂的猪肉碎很可口。配着酒，很香。可以蘸醋，可以蘸麻油。

萝卜白菜，那大概是老北京居家最常见的蔬菜。《四世同堂》里老先生就问过，还有咸菜没，答"干疙疸，老咸萝卜，全还有呢！"

——就这么顿饭，祥子也承认，吃着可口热火，但是"吃着不香，吃不出汗来"。

这一句描写，精彩极了。先前祥子吃老豆腐吃得心醉神迷时，就是汗浸透了裤腰；这会儿吃着不香，就是吃不出汗。

大概祥子先前，更喜欢热烧饼爆羊肉、加了大量韭菜花和辣椒油的老豆腐，甚或羊肉包子、烧饼油条。真居家过日子了，吃现成的了，他感觉就不对了。

跟虎妞在一起过日子，虽然还是住大杂院，但祥子已经跟贫民有了等级差距。最穷苦的贫民吃的是——小说里说了——窝头和白薯粥，粗粮碳水而已。

大杂院附近卖的零食，是刮骨肉，冻白菜，生豆汁，驴马肉——刮骨肉是牛羊骨头上剔下来的残碎肉；冻白菜不提；

卖生豆汁的摊贩条件也不太好;马肉做不好干硬难嚼。

而虎妞吃的是羊头肉、熏鱼、硬面饽饽和卤煮炸豆腐这些,明显高了一个等级:然而祥子看不上,"他不愿吃那些零七八碎的东西,可惜那些钱"。

所以他宁可选择在外头吃十二两肉饼、喝一碗红豆小米粥——这就是他吃得香,吃得出汗的东西。他和虎妞的矛盾,一顿饭就体现出来了。

到虎妞死去,祥子堕落了一段,又决定奋起了,还是从吃上面改善态度:先喝了两碗刷锅水似的茶;他告诉自己,以后就得老喝这个,不能再都把钱花在好茶好饭上。接着他就决定,吃点不好往下咽的东西,作为勤苦耐劳的新生活开始。于是祥子买了十个煎包儿,里边全是白菜帮子,吞了。再之后,为了庆祝新生活开始,买了个冻结实的柿子吃了——很朴实,但很甜。

小说最后,祥子堕落了,决定不顾以后,只图现在了。所以决定:穿着破衣,而把烙饼卷酱肉吃在肚中,这是真的!——到最后,祥子觉得最靠谱最瓷实的,也还是烙饼卷酱肉。

从买第一辆车犒赏自己、打算吃顿热烧饼夹爆羊肉开始，到决定放逐自我，于是烙饼卷酱肉为终。

中间最好的时候，能吃上虎皮冻、熬白菜、肉丸子。

这份贴近人民生活的真实，是老舍先生笔下极细致、极了不起的所在——如果考虑到他写《骆驼祥子》时，已经是个留洋归来的作者了，那就更难得了。

说两句面。

《茶馆》里，提到过几次面。廉价一点的是烂肉面——也就是碎猪肉为卤做的面。老掌柜也说"要有炸酱面的话，我还能吃三大碗呢"，好炸酱面讲究面酱、肉末、好面，也许还得有黄瓜丝之类做面码。再好一点，是《离婚》里提到的卤虾油，用来给面打卤。《牛天赐传》里还说，"一个人有面吃，而且随便可以加卤，也就活的过了"。

老舍先生真是懂民间吃法。

汪曾祺先生回忆过老舍先生的几处细节，颇为有趣。

——说老舍先生请人吃饭，自己搭配菜，有意叫大家尝尝地道的北京风味。自制的芥末墩儿极好。有一次还特意订了盒子菜：火腿、腊鸭、小肚、口条之类的切片，但都很精致。

——熬白菜端上来了,老舍先生举起筷子:"来来来!这才是真正的好东西!"这句话令人如见其人如闻其声。如果您还记得祥子吃虎妞做的熬白菜,一定心有所感。

——说老舍先生有一次,做了瓷钵芝麻酱炖黄花鱼:他极在意芝麻酱。有一年,老舍先生当代表,就给了个提案,希望解决芝麻酱的供应问题:"北京人夏天离不开芝麻酱!"不久,北京的油盐店里有芝麻酱卖了,北京人又吃上了香喷喷的麻酱面。想想《正红旗下》里提到的芝麻酱烧饼,又能做了。

您看,老舍先生就是这么个人。

最后一个故事,出于老舍先生的自述。

话说抗战期间,老舍先生在重庆时,很关爱吴组缃先生养的一口小花猪。

有一天看小花猪生病了,老舍先生带头围着,关怀备至,瞎出主意:喂奎宁?吃草药?

最后请了猪医生来,把猪治好了。

老舍先生大喜,就跟吴先生声明:冬天,得分几斤腊肉。

吴先生不假思索就同意了。吴太太更大方地说:"几斤?

十斤都行!"

——只不知道小花猪作何感想。

阿城的吃

阿城的三王——《棋王》、《树王》、《孩子王》，细节可做一篇观。

凑了起来，多少看得出他知青生活的痕迹——尤其是他在云南农场度过的，那段岁月的痕迹。

《树王》开头，一个细节极真实：知青们下乡，在月光下盛了饭，围着菜盆吃——不是碗，不是盘，是盆。这是农家吃饭的实在姿态，不像古代风雅文人想象的田园风光、肥鸡白片、太羹玄酒、杯盘碗盏，而是大盆端来，围着一起吃。

小说又道：

先吃的人纷纷叫起来。我也夹了一筷子菜放进嘴里，立刻像舌头上着了一鞭，胀得痛。周围的大人与孩子们都很高兴，问："城里不吃辣子么？"支书说："狗日的！"于是讨了一副筷，夹菜吃进嘴里，嚼嚼，看看月亮，说："不辣嘛。"

大家于是只吃饭，菜满满地剩着。吃完了，来人将菜端走。孩子们都跳着脚说："明早有得肉吃了！"知青们这才觉出菜里原来有荤腥。

这也很真实。以前的山间农庄，少荤腥，少菜肴，优先种作物，先管饱，然后才考虑味道。故此，做菜需要重味下饭，辣椒撒起来挥霍得很。众所周知，中国古代没辣椒。得等哥伦布发现了新大陆，辣椒被带回了欧洲，经过西班牙人鉴定，"五枚辣椒辣度约等于二十枚胡椒"，然后才四海传播。

传闻早年间成都的陈麻婆，创制麻婆豆腐，何以做那么辣呢？

答：为了让过路的脚夫多买几碗饭，把那辣就下去。

大概，物资贫瘠的山间，吃东西就是这般风骨：大盆、重味。剽悍得很。

这也很体现阿城小说的风格：不避鲁直，不做雕饰。一如支书直白地说："狗日的。"

《孩子王》里，山里吃饭，有干笋，有茄子、南瓜，还有野猪肉干巴。吃完了，大家出汗。

的确山区多产笋，但并非一年四季可得，笋制成笋干，方便随时吃,也方便买卖运输;野猪肉干巴,在山里很常见,以前云南马帮,都爱吃牛肉干巴,也是持久储存的妙法。

茄子和南瓜都是水肥充足有阳光,就不容易长坏的植物。在云南种来,可当饭可为蔬,很适宜。

吃出汗来这个细节,老舍先生的小说里不止一处可见:那是劳动人民最真实的生活。不求吃得多美,图的是吃得香,一顿饭,吃热乎了,吃得汗涔涔,才算爽脆了。

先看了这两处,回头看《棋王》,也是一气贯通。

读过《棋王》的诸位,一定有印象:小说主角王一生,乃是个棋呆子。而主要跟他打交道交流的,是读书人"我",以及书香门第出身来的倪斌。

朴实的王一生与文绉绉的"我",能碰撞出许多故事来。

王一生只乐意下棋,他的棋知识并非来自书本,却来自于捡烂纸的老头,来自于他四处跟人下棋的实践。所以与"我"初见时,他对读书,对书本知识,是有点推拒的。

他很直白地说:"忧这玩意儿,是他妈文人的佐料儿。我们这种人,没有什么忧,顶多有些不痛快。何以解不痛快?唯有象棋。"

作为一个如此贴近生活的人,他吃东西的姿态则虔诚精细:为了抠槽牙里的饭粒儿,都能费尽功夫。这与他的棋风,一以贯之。他爱下棋,但并没变成下棋散心的文人雅士。当"我"跟他说了杰克·伦敦《热爱生命》的挨饿情节后,王一生就显出反感来了:他认为杰克·伦敦是饱汉子不知饿汉饥,还认定这是"把一个特别清楚饥饿是怎么回事儿的人写成发了神经"。

他自始至终是把自己,代入到一个普通人视角的。他对吃充满了虔诚,因此讨厌故作高深,也不喜欢将饥饿作为谈资。

王一生去与倪斌下棋。又一次体现出江湖路数和书生的区别。倪斌不脱书香门第的文雅,自夸象棋是高级文化,又问王一生的家世。这一串姿态,相当有老派读书人味道。

二人下棋之前,先与同伴一起吃了东西,也很细致,很实在:竹刀划开蛇肉,葱姜蒜盐,酱油膏和醋精,炖了一锅蛇肉。其间倪斌还夸耀了几句,说自家父亲吃螃蟹下棋品酒作诗,然而年轻的朋友们并不理会,只顾吃蛇肉;吃完了,茄子下锅去煮——对比《孩子王》里吃茄子,这里是又一处显出,茄子在山区的多样用途。等蛇骨煮散,又去屋外拔了野茴香来搁汤里。这个动作极有生活：确实爱吃的人，熬了汤吃罢，会有类似不舍得浪费，一定得再利用，吃好吃透的劲头。

这一顿吃饭的架势，很王一生，很是"虔诚又精细"。先解决了肚子，再考虑棋。这个姿态，也是王一生一直秉持的。

吃完了这顿饭，王一生与倪斌下棋，赢了。倪斌问王一生棋跟谁学的，王一生答，"跟天下人"。这一句回答妙极，立时将王一生的草莽江湖气与倪斌的书香门第气，划分得斩截明白。先前吃饭，王一生狼吞虎咽，倪斌还念叨几句父辈品酒作诗，也是这个意思了。

最后便是全书高潮，王一生独战九人，赢遍所有棋局。当时冠军是个老先生，亲自来求和，其实是已经输了，请王一生给个面子罢了。

妙在那老先生说了段场面话，说王一生的棋道，什么"汇道禅于一炉，神机妙算，先声有势，后发制人，遣龙治水，气贯阴阳，古今儒将，不过如此"。说得一套一套，很是书卷气，花里胡哨，热热闹闹。

但跟王一生之前质朴的"跟天下人学的棋"比，这段话，就显出虚浮来了。

汪曾祺先生读《棋王》，可能一度误会，以为阿城写这小说，尤其最后这老头子的嘴脸，是在歌颂道禅。阿城后来在《常识与通识》里，提了这茬，更明确说了：

他写的冠军老先生这类人，捧起人来玄虚得不得了，其实是为遮自己的面子。

细看来，的确阿城写这一段，是讽刺那老先生来着：嘴上热闹，实则不怎么样。

这么一路看下来，阿城小说里的趣味很明白：

他的小说里，真正了不起的，都是脚踏实地的人。尤其王一生这个棋王，非常质朴，非常平民。

他不相信满口道禅的标榜者。他的棋是跟天下人学的，从实践中来。他的生活习惯，就是珍惜吃食，虔诚地吃，把能吃到的一切，都认真吃掉。

当然，最后王一生赢了棋，精神上有了新感受，哭将起来了；但那并不代表王一生飘了，他还是个脚踏实地的人间之王。《棋王》结尾说了："不做俗人，哪儿会知道这般乐趣？家破人亡，平了头每日荷锄，却自有真人生在里面，识到了，即是幸，即是福。"

大概，精神生活和物质生活都兼顾着，才是人生吧。

阿城后来在《常识与通识》，第一篇就是写吃。写到后来，总结出来的道理，却也很朴实，很科学：
思乡这个东西，就是思饮食；思饮食的气氛。为什么会思这些？蛋白酶在作怪。

这份务实直白、不满口道禅的姿态，一如阿城小说里的大盆辣菜、支书那句"狗日的"、王一生们煮散的蛇骨汤和揪来的茴香一样，质朴实在。

是阿城之为阿城。

沈从文与汪曾祺

沈从文先生的《边城》里说:"牛肉炒韭菜,各人心里爱!"

汪曾祺先生,不知道是不是跟他老师(他在西南联大时,当过沈先生的学生)耍个文字游戏,在《三姊妹出嫁》里,借卖馄饨的老秦之口说:

"麻油拌芥菜,各有心中爱!"

这两个说法大同小异,细想想,却活脱显出这师徒二位的不同来。

说到沈从文先生,我们自然得说《边城》。读过的诸位大概都觉得:真是一部极清澈写意的好小说。

清澈在小说并不回避悲剧,并不回避死亡(天保和爷爷的死去),也不回避一些质朴直率的角色——比如水手与妓女们——的存在。

清澈在创造了一个一切都可如实道来的语境。所以《边城》里的妓女和粗野水手，都显得很干净。

清澈在写景上：小溪、白塔，静水一篙不能落底。流水清澈，游鱼来回可以计数。

——汪曾祺先生说沈从文先生推崇《水经注》。而《水经注》里恰有名句，很合沈从文先生笔下风味：

"其水虚映，俯视游鱼，如乘空也。"

也包括这样的句子：

"爷爷到溪中央便很快乐的唱起来，哑哑的声音同竹管声振荡在寂静空气里，溪中仿佛也热闹了一些。实则歌声的来复，反而使一切更寂静一些了。"

实在清透玄妙，悠然有世外桃源的味道。

清澈也体现在饮食上：《边城》里的人，唱歌、抽烟、饮酒。吃得很是清新明快。小饭店有煎得焦黄的鲤鱼豆腐，身上装饰了红辣椒丝，卧在浅口钵头里。小说里的水手们性子直爽，喝甜酒，喝烧酒。

小说里追求翠翠的二位青年，虽然家境不错，但做事扎实靠谱：被他们的爸爸派去锻炼，吃的是干鱼、辣子、臭酸菜，睡的是硬邦邦的舱板。

小说里提到吃东西，往往是"四两肉，两碗酒"的爽朗格局。像翠翠的爷爷，有段精彩的细节，极见性格：他去买肉时，不肯要别人照顾他、给他切的猪腿肉，非说腿上的肉是城里人炒鱿鱼肉丝用的肉，"莫同我开玩笑！"

他强调自己要夹项肉，要浓的糯的：

"我是个划船人，我要拿去炖胡萝卜喝酒的！"

不吃城里人的娇贵肉，要吃能炖能下酒的肉。乡土风味的粗朴之气，令人心折。

这份口味偏好，沈从文先生自己在散文里写到过。

他赞美逃课，说逃课了之后，学校以外有戏看，有澡洗，有鱼可以钓，有船可以划。若是不怕腿痛，还可以到十里八里以外去赶场：有狗肉可以饱吃——以前的狗肉，我们知道，那是乡间才惯吃的。

他也存着心，想用上早学得来的点心钱，到卖猪血豆腐摊子旁，去吃猪血豆腐——猪血及各色猪下水，那时候不登大雅之堂，是民间小百姓的喜好。

他认为顶好吃的，是烂贱香的炖牛肉——用这牛肉蘸盐水辣子，同米粉在一块吃。这吃法很湖南，很乡土，很直爽。突出的一是烂（酥烂的烂，需要锅里炖得久），二是贱，便宜的贱。蘸盐水辣子，说明没什么复杂调味，吃得很凶，很朴实,但是爽快。

他还爱吃猪肠子灌上糯米饭,切成片,用油去煎去炸。提到杨怒三的猪血绞条,提到卖牛肉巴子的摊子香味很诱惑人,碗儿糕的颜色引人口涎。他还宣布,要用五万字,专门描述他们那地方一个姓包的女人所售的腌莴苣,还认定用五万字,已经算简略了——不信去问自家当地人!腌菜是湖南山间的特色,有味道,耐久放,风味独具。

他不止爱用牛肉蘸盐水辣子,还爱用狗肉蘸盐水辣子,一面拿起土苗碗来抿着包谷烧,觉得如此吃狗肉喝酒才是真味道——我们旁人看来,很觉得这有点鲁智深的意思。

如此算来,沈先生与他笔下人吃的是:
狗肉、炖牛肉、胡萝卜炖猪肉,蘸盐水辣子。猪血豆腐、牛肉巴子、碗儿糕、腌莴苣、猪肠糯米饭。烧酒。
浓的,糯的,乡土的,直爽的,饮食口味。
清澈爽快,但有气性,有味道。
笔下人物的性格,也与这口味相照。

《边城》里,翠翠初见二老时,因为误会他,低声骂了句"你个悖时砍脑壳的"。我初读时不太懂,没注意,后来想起,若用湖南方言读这句话，风味又不同。

我找了找几个湖南朋友平时说话的语感，然后重新看对白，试着想象，用湖南话念下面这些台词：

"一本《百家姓》好多人，我猜不着他是张三李四。"

"伯伯，若唱三年六个月的歌动得了翠翠的心，我赶明天就自己来唱歌了。"

"天保佑你，死了的到西方去，活下的永保平安。"

——当然，湖南话种类纷杂；沈从文先生那时的湘西话，和现在的湖南话大概也未必一样。但大概，找到了一点感觉。

借《水浒传》武松谈论酒的说法，"这酒好气力"，类似地，《边城》是本"有气力"的小说。是蘸了盐水辣子的狗肉，是烧酒，是猪血豆腐的感觉。

这个故事里没有真正的坏人，大家都性格单纯。唯其单纯，直来直去，才有气性。天保和傩送二位青年，心里都爱翠翠。却因为讲兄弟之情，光明磊落，不肯占对方便宜，于是彼此赌气。二老坚持替兄长唱歌，任由翠翠选择，看天意如何。兄长负气下河去，死了。二老心里挂着这事，也不肯回来了。顺顺负气，误会了爷爷。翠翠赌气，不肯问爷爷。

用湖南方言读这个小说里的对白，能感受到那种独特的感觉。许多用普通话读来平淡的对白，放到那个吃狗肉喝烧酒的语境里，才会觉出来：是有气性的。

《边城》的环境的确仿佛世外桃源，但世外桃源的单纯，恰好孕育了这份气性。溪流、竹子与小城如清澈的流水，但水底下自有人与人的倔强。为了爱，有人自尽，有人负气而去，有人痴等，有人守护着心爱人的女儿。

彼此的倔、傲和拧，劲道就在这里头了，故事的曲折，也都在这里头了。

汪曾祺先生说，沈先生教写作，要求"贴到人物写"，又说沈先生上课没啥系统，却极擅长聊天：聊天的范围很广，聊得较多的是风景和人物，他很在意人物。

沈从文先生的短篇里，别有一篇我印象很深。一篇叫《丈夫》，一个农妇去做船妓，丈夫从乡下来看她，本来这事，夫妻俩都接受了的，算是个生计，但男人到底嫉妒了，难过了，哭了。当时一个旁观的女孩子还心想：一个大男人，怎么会哭的呢？

这里出彩的地方，也是气性，直来直去、不加掩饰的感情。沈从文先生铺陈的温和环境如清澈流水；而这点气性与倔强，是破水而出的游鱼，是他喜爱的炖牛肉炖狗肉，蘸了盐水辣子配烧酒。

文体与情节一样简洁明快,却又清澈不腻,味道丰厚芳烈:纯朴浑厚的世界下,方有纯朴浑厚的精神。

大概,这就是沈从文先生文字的感觉了。

"牛肉炒韭菜,各人心里爱!"

本文开头提到了,汪曾祺先生那句麻油拌荠菜。

麻油香滑,荠菜清爽。拌又不比炒,没那么轰轰烈烈,而是细腻周到。

用来描述汪曾祺先生自己小说的风骨,也很恰当。

汪先生写吃,那是漂亮之极。我知道不止一位读者(其中包括我),没事重读他的小说,就是找吃的情节看。

大略《鸡鸭名家》里的鸭掌鸭翅砂锅汤、《黄油烙饼》里的烙饼、《异禀》里王二卖的各色熏烧回卤豆腐干和五香牛肉、《七里茶坊》里众人描述中的肥羊肉炖口蘑和莜面窝窝、《八千岁》里的草炉烧饼和三鲜面……老读者都是耳熟能详,想起来就咽口水。

汪先生自己的口味,也比较宽泛。

《五味》里,酸甜苦辣咸一一道来,不褒不贬,样样都能吃。他是扬州高邮人,但蒙古手把子羊肉、云南蒸鸡和过桥米线,天南海北,他也吃得下,也爱吃。

只是整体而言,他似乎很欣赏昆明菜:觉得蒸汽锅鸡、快炒蔬菜、鲜美的菌菇,很合他的口味。他很欣赏那里的清爽与鲜。

这么一想,麻油拌荠菜,也该合他口味:清爽、香滑又细腻,纯然近乎天真。

汪先生早年写作,风格也华丽,也多变,也可以有杀意,有恨气,有悬疑。比如《复仇》,比如《落魄》,文笔中是有锋芒的。他也有恃才傲物、飞笔凌云的时节。

但我们所熟悉的、他的大多数文章,都是他老来所写了。

那是境界到了,风格又自不同。

他笔下小说,大多淮扬背景的市井生活,而淮扬市井,讲究的是以和为贵。所以他的故事,多还是温和的喜剧;再有悲剧,也多少裹着点,不会狠狠地一锤,砸在读者心口。

大概主角命运悲惨一点,也就是:米铺老板被敲诈了、酒店老板没生意了、画匠被迫卖掉印章来接济朋友了之类,纵然悲喜交集,到底还有余地。字句对话,大家也都客气。

像《异禀》这篇小说，描述一个熏烤摊主和一个药店伙计各自命运的故事，有兴旺有惨淡，对比强烈。这故事是他早年写过，晚年再修改了的——他晚年，就较少写这么跌高落重，让人心生恻然的情节了。

大概汪先生提到他小说里的人物时，最多也就是半揶揄的口吻，描述一些小人物的悲喜，但从不刻薄，有悲悯心。

从他对老舍先生、沈从文先生、赵树理先生、闻一多先生的回忆看，汪曾祺先生对天真质朴的才子，有极大的喜好。

汪曾祺先生自己说沈先生，那是星斗流水、天生如此的纯然散仙。他自己比沈先生，其实更多一点圆润的聪明，一点小狡黠（也体现在他的小幽默中），所以也显通达。

汪先生自己写过："我也愿意写写新的生活，新的人物。但我以为小说是回忆。必须把热腾腾的生活熟悉得像童年往事一样，生活和作者的感情都经过反复沉淀，除净火气，特别是除净感伤主义，这样才能形成小说。"

除净了火气，娓娓道来，沉得住气，毫不着急，这是汪先生晚年的风骨。

就像麻油拌芥菜，用香润裹住了野气，不至于真让人觉得刺喉不能下咽。

汪先生晚年,有一篇《茶干》,他自称根本不是小说的小说。朴实无华,自然有味。里面有这么段:

连万顺家的酱菜样式很齐全:萝卜头、十香菜、酱红根、糖醋蒜……什么都有。最好吃的是甜酱甘露和麒麟菜。甘露,本地叫作"螺螺菜",极细嫩。麒麟菜是海菜,分很多叉,样子有点像画上的麒麟的角,半透明,嚼起来脆脆的。孩子买了甘露和麒麟菜,常常一边走,一边吃。

这段的妙处,您大概都读得出来。用词精确,节奏悠闲,不慌不忙。只是平平道来,但极生动:细嫩、透明、脆,调动了我们的视觉与味觉想象力。加了一句孩子买了菜一边走一边吃,生动如画,如在目前。

妙在只叙述,不议论。选事、叙述、描绘如画,所以好看。

字句悠闲自在,所以让人不匆迫,所以舒服。

不擅加议论,所以不腻。

写故事的老行家,到最后都会越来越少抒情,越来越多精确的白描。越来越少主观判断副词,越来越多客观形容词。

以及,越来越沉得住气,慢得下来。

大概唯慢得下来,所以细腻。苏轼所谓"凡文字,少小时须令气象峥嵘,彩色绚烂,渐老渐熟,乃造平淡,其实不是平淡,绚烂之极也",差不多就是这个意思。

大家都熟悉的《受戒》,本来到结尾,男女主角,是情感终于迸发了。

小英子忽然把桨放下,走到船尾,趴在明子的耳朵旁边,小声地说:

"我给你当老婆,你要不要?"

明子眼睛鼓得大大的。

"你说话呀!"

明子说:"嗯。"

"什么叫'嗯'呀!要不要,要不要?"

明子大声地说:"要!"

"你喊什么!"

明子小小声说:"要——!"

这里本来该是高潮。搁一般的小说,这里就该铺排抒情了。

但汪曾祺先生又收住了。话头一转,让男女主角没入了芦花荡:

"快点划!"

英子跳到中舱,两只桨飞快地划起来,划进了芦花荡。芦花才吐新穗。紫灰色的芦穗,发着银光,软软的,滑溜溜的,像一串丝线。有的地方结了蒲棒,通红的,像一枝一枝小蜡烛。青浮萍,紫浮萍。长脚蚊子,水蜘蛛。野菱角开着四瓣的小白花。惊起一只青桩(一种水鸟),擦着芦穗,扑鲁鲁鲁飞远了。

——居然耐心地、悠闲地、精确地,描述芦花荡的色彩。完全没有主观判断,甚至没有概括芦花荡多么美丽,多么诗意,只呈现水景,活像电影镜头旁白。

至于男女主角没入芦花荡后怎么了,不说了……结束了!只说惊起一只水鸟,余味无穷。

精确、悠闲、收放自如。又香味袅袅,又清爽淡雅。

——也就是"麻油拌芥菜"式的,慢慢浸润的,香滑细腻,清脆爽口了。

莫言与他笔下的肉

莫言的小说里，有中国古典的一面，有民间文学的一面，也常显出受拉美文学影响的一面。于是常会围绕土地、血性、魔幻神鬼、粗放的性格、不加掩饰的欲望，创造色彩斑斓的世界，带出民间文学式的传奇色彩。

小说中常用多视角叙述，多有使用儿童的、动物的甚至痴呆者的视角。这类视角叙述起来，往往并不理性，谈不到有理有据，但色彩斑斓，想象丰富，富有狂欢精神，感受为先。

也是在这种视角里，欲望可以赤裸裸地、不加节制地窜出来。这种民间文学式的、戏剧性的狂欢，构成了莫言式的美：粗放的、坦白的、原始的美。

人类最直白的欲望是什么呢？饮食男女嘛。

所以在莫言笔下，渴望自由的主角们，都容易表现出粗放豪迈的一面，对饮食男女，更抱持着一种狂热的精神。

像《红高粱》里的主题，自然是酒：烧酒，能治百病的烧酒，蕴含土地精华的烧酒。小说里，酒坊的烧酒所以香得驰名四邻，是因为男主角朝酒里撒了泡尿。这个细节，大概会被文明社会目为粗鄙不雅，但在那个狂放的语境下，就显得理所当然。

酒之外，是肉。

《红高粱》里，小说主角"我爷爷"余占鳌还没成为大土匪时，没资格吃狗肉，只能吃狗头——结果他恶狠狠地吞了狗眼，吸了狗脑，嚼了狗舌，啃了狗腮。这份凶恶的劲头，的确是小说主角标配。而吃肉的资格，显然与力量挂钩。

又说余占鳌的儿子即"我父亲"在墨水河里捕鱼捉蟹时，练就了一手降服蛇的本领，还吃过干牛屎烧的蛇肉。1940年冬天，这父子俩吃了一冬天的肥狗肉。

看着煞是粗野，但生命力十足。

小说后面，到了"我"这一代出场的时候，对比就来了：

"我"这个年代，看到的是杂种高粱。晦暗不清，模棱两可。

爷爷那一代奔放的热血，见识的是纯种的高粱，如血海，顽强浩渺，丰富壮丽，辉煌灿烂。

在莫言的笔下,大概,往昔的血性、质朴、粗豪、奔放、真正大碗喝酒大块吃肉、生冷不忌华美灿烂的那一代人,才代表真正的生命力吧。

说到纯与非纯、肉与欲望之关联,在另一个小说《四十一炮》里,格外明显。

《四十一炮》全篇用一个乡村孩子——罗小通——的口吻叙述,这孩子爱肉成狂,说话没边。后记里明确提到了,这是致敬德国作家君特·格拉斯的《铁皮鼓》:确有异曲同工之妙。

妙在罗小通口中,父母是两种截然不同的人:父亲聪慧伶俐,游手好闲,颇有享乐主义精神。母亲勤恳扎实、节俭自苦,简直要把自己逼成苦行僧。

偏父亲又与村里的美人野骡子有一腿,终于一起私奔了;野骡子美貌妖冶,而且做得一手好肉。所以罗小通自己与母亲在村里熬穷时,听着各色谣言:

——父亲带着野骡子,在东北大森林里用白桦木建了一座小屋,松木劈柴在炉子里熊熊燃烧,煮狍子肉。

——父亲带着野骡子流窜到了内蒙古,蒙古包里火上吊着铁锅,锅里炖着肥羊肉,肉香扑鼻,他们一边吃肉一边喝着浓浓的奶茶。

——父亲与野骡子到了朝鲜，开了个饭馆，晚上煮上一锅肥狗肉，启开一瓶白酒，每人握着一条狗腿，两人握着两条狗腿，锅里还有两条狗腿，散发着诱人的香气，等待着他们来吃……

这些谣言，出于村民之口，入于罗小通之耳，就极为合理：毕竟饮食男女人之大欲，这样变着花样吃肉，代表着人民最基本的理想。相比于罗小通自己不肯放孩子吃肉的吝啬母亲，放开吃肉，代表着极为现实的欲望，代表着生活的乐趣。

《四十一炮》全篇的情节，始终围绕着肉：父亲最后失意归来，代表那种浪漫潇洒的、肉与爱情水乳交融的生活结束了。父亲与母亲讲和，然后去找村里发财致富的老兰帮忙。而老兰的主意，就是大力发展注水肉，将各色工业化的肉类引入农村，发财致富。

则父亲与老兰的对比，是自由奔放与世俗利益、田园牧歌与工业制假的对比，明显极了。

这里有个细节颇为有趣。当日母亲给罗小通买了只董家烧鸡。罗小通先赞美董家的烧鸡用的是吃野草籽和蚂蚱虫长大的、肌肉发达、骨骼结实、聪明伶俐的鸡，不是吃着配方饲料长大的那种傻乎乎的、肉像败絮、骨如朽木的化学鸡。

但他也怀疑：据说此鸡吃过激素，死后用了甲醛。然而母亲的回答是：

"什么甲醛乙醛的，庄户人的肚子没有那样娇贵。"

则母亲的功利倾向，在一只鸡上都体现无疑。

细想来，这与《红高粱》里颇有类似之处：粗犷的、原始的、纯种的高粱，要远胜过杂交的、不纯粹的、劣质的高粱。这既是作物的姿态，也是生活形态的描述。

相比于大块吃肉大碗喝酒的豪迈，莫言似乎对这种注水肉和假酒，这种"杂交高粱"，格外痛恨。

说来有趣。余华的《兄弟》，后半部分也有大段情节，事关真实与伪劣：因为要评选处女，于是镇上出现了许多假处女。余华的假处女与莫言的假注水肉，分别对应着人类的情欲与饮食欲。大概这两段情节，分别在描述工业化的虚假，可以多大程度上毁灭人性的本真。

反过来，被歌颂的，是野骡子那样的女性。

罗小通的母亲与野骡子，小说里是针锋相对的两类人，连烹肉的方式也不同。罗小通的母亲是白水煮猪头，罗小通吃了呕吐不已。而野骡子则会在锅里添加茴香、生姜、葱白、蒜瓣、桂皮、豆蔻等诸多调料，最后添加一勺朝鲜白醋。用罗小通的说法，这样的肉才有灵魂可言。

基本上，野骡子与罗小通父亲曾经的模样，算是莫言笔下理想姿态的化身：

风流的、享乐的、感官的、狂欢的、肉欲的、自然的人类。

他们能吃能睡，刚正不阿又倔强，根植于土地，自由自在。

说到烹肉的女性，免不了又得请出一位来了。

《檀香刑》这个小说里，女主角孙眉娘，就是个卖狗肉的狗肉西施。风流大脚，性格热情，敢爱敢恨。她烹狗肉的秘诀是：

"煮狗肉的时候，总是将一条猪腿偷偷地埋在狗肉里，等狗腿猪腿八角生姜栓皮花椒在锅里翻滚起来时，俺再悄悄地往锅里加一碗黄酒——这就是俺的全部诀窍。"

——是不是与野骡子有异曲同工之妙呢？

也就是这位孙眉娘，让另一位主要角色县令钱丁神魂颠倒。而钱丁自己的太太，曾国藩的外孙女，就颇为乏味，一本正经——恰似罗小通的母亲。

肉欲的美好与枯燥的日常，对比极为鲜明。

大概，莫言小说里，最迷人的女性，就是如孙眉娘、野骡子与"我奶奶"一样，自由奔放，热情活泼，连烹肉喝酒，都潇洒大方；不那么可爱的女性，那就吝啬克己，唯利是图，毫无趣味了，跟肉丝毫都不沾边。

最有趣的是，《檀香刑》里还有位极小的配角，代表另一种姿态。

当钱丁跑去告状时，一身寒冷，就去吃了碗朝天锅牛杂汤。那段描写，是全书最细致的一段：

卖牛杂汤的妇人递过碗来，掰了烧饼，放了一撮芫荽末儿、一勺椒盐；抄起长柄大勺，搅动着锅里的牛杂碎，牛心牛肝牛肠牛肚牛肺，一勺子牛杂碎倒进了知县眼前的大碗，然后紧跟着来了一勺子清汤，又加了半调羹胡椒粉，"多点胡椒驱驱风寒"。

这一顿直吃得知县心酸肠热，全身出汗，感动不已。临了内心一总结，就总结出莫言笔下三种典型女性形象了。

用钱丁的话说：自己夫人（没提到什么吃食）是冰，孙眉娘（做狗肉的）是火，这位妇人（做牛杂汤的）是舒适温暖的被窝。

《许三观卖血记》：
流泪微笑着，从头吃到尾

余华的小说，尤其是短篇小说，很擅长描述残忍与荒诞的情景。

比如《十八岁出门远行》，前半部分叙述得缓慢精确，后半段则在荒诞与绝望中加速，一切规则都在崩塌，结尾的回忆更是神来之笔，带出一份精致的反讽："于是我欢快地冲出了家门，像一匹兴高采烈的马一样欢快地奔跑了起来。"

《现实一种》则是叙述的细致冷静，结合小说中隐含的暴力，两相照应。

《细雨中呼喊》的叙述充满激情，最好的那些段落，虔诚又固执，激情又锋锐。

《活着》的开头，句子优美得仿佛诗歌。但读完的都知道，小说用看似淡然的口吻，叙述了一段大悲大喜的经历；叙述者态度的沉静，与他叙述并亲身经历的惨烈故事，对比出了尖锐的悲剧效果，由此带出了巨大的冲击力。

说《许三观卖血记》。

《许三观卖血记》，没有《细雨》那么澎湃，也没有《活着》那么惨烈。句子更短，整体节奏更为轻盈。

小说几乎取消了心理描写，所有的人物都倾向用行动与对白，对彼此（也是对读者）直接诉说心事。加上悲喜交加的情节，就构成了一部，颇有些漫画色彩的小说。

在这部小说的意大利语版自序里，余华自己说：

"汉语的自身灵活性帮助了我，让我将南方的节奏和南方的气氛注入到了北方的语言之中，于是异乡的语言开始使故乡的形象栩栩如生了。这正是语言的美妙之处，同时也是生存之道。"

的确。

《许三观卖血记》描述的，显然是浙江城镇人的生活。这里没有《活着》那般残忍的生离死别，则生活方式的跌宕起伏，很直白地体现在饮食变化上。很巧，很轻，很实在，一目了然。

余华是浙江人。《许三观卖血记》里，许三观跟着两位乡下哥们卖完血了，仪式性地犒劳自己，就去吃一盘炒猪肝，

以及贯穿小说的经典台词:

"黄酒温一温!"

——这一句就很浙江了。

——我长辈那一代的江南人喝黄酒,常是一边吸螺蛳,一边跟朋友吹牛,偶尔站起身来,"我把黄酒放进铫子里,再去热一热!"

许三观温黄酒这个细节,就此成了小说主轴,成了许三观每次卖血之后,犒劳自己的仪式。

第一次去卖了血后,他是看两位有经历的哥们摆谱点菜,要猪肝要黄酒,有样学样;第二次去,多年不卖血了,忘了,要想一想才想起来,"黄酒温一温"。第三次去,就闹笑话了:大热天还嚷着要温黄酒,真是刻舟求剑、胶柱鼓瑟。

小说发展到后来,许三观甚至还教另两个被他带着去卖血的少年,"黄酒温一温"。仿佛循环,仿佛传承。

除了喝,还有吃。

开场,许三观到乡下田里吃瓜,吃黄金瓜、老太婆瓜、西瓜、黄瓜和桃子,一边吃着尘土一边吃瓜。吃完了,站起身,觉得全身发烧,然后,就决定结婚了。仿佛吃的欲望,全身发烧,也能与爱欲相关。

他去请许玉兰吃，吃了小笼包子、一碗馄饨、话梅、糖果和半个西瓜，吃了八角三分的食物后，便让许玉兰嫁给他。说得很实在："你以后可以经常一天吃八角三分。"

结婚的欲望、结婚的好处、生活的核心，都与吃相关。

这就是许三观的逻辑，也是本小说的逻辑。

既然已经确立了"钱＝吃的＝生活资源"这个最简单的逻辑，从此许三观卖血，就成为了一次又一次度过难关的生活秘诀。

其中自然也有波折。比如，许三观第二次卖血，就得孝敬白糖给李血头。比如，许三观睡过了林芬芳后，就得卖血换一些吃食，来赠送给她：用来炖汤的猪骨头和黄豆，用来做绿豆汤的绿豆，用来泡茶的菊花。

每一次波折，都与吃息息相关。生活里的迎来送往，情分来去，都是吃在维系着。当然，还有每一次许三观卖血后，必然去执行的仪式：喝黄酒吃炒猪肝。

后来许玉兰被斗时，许三观给她送饭。他将肉藏在饭下面，"偷偷给你做的，儿子们都不知道"。

当年结婚，是吃了八角三分；到后来夫妻情深，也还是在吃里体现了。

小说最后，许三观老了，一度觉得自己的血卖不出去了，丧失了安全感。许玉兰提醒他，自家有钱了。于是许三观终于奢侈了一下：面前的桌子上放着三盘炒猪肝，一瓶黄酒，还有两个二两的黄酒，他笑将起来，吃着炒猪肝，喝着黄酒，他对许玉兰说：

"我这辈子就是今天吃得最好。"

这段妙在，许三观所谓吃得好，不只在于炒猪肝和黄酒，在于心理的丰足。

老年间说，有钱人吃饭，吃一看二眼观三。后来人说笑话，有钱了，就买两份，吃一份看一份。

在这里，吃着碗里，看着锅里，对许三观而言，就是一种满足的慰藉了。

对许三观而言，曾经的猪肝黄酒，是卖出了血之后的自我慰藉。而此时此刻，不用卖血，也能吃三份——吃一份，看两份，这才是终极的安全感。

如此一来，他才觉得，算是吃得最好——对他这样，经历漫长生活，随时预备卖血来扶危解难的人而言，的确，有安全感了，才是最美好的生活。

话说，小说中段，最甜苦交加的两个段落，都还是在吃上找的。

其一是，许玉兰给孩子们煮粥，格外加了糖。孩子们苦惯了，太久不吃糖，已经忘了甜味了，吃了之后，眨巴着眼，居然想不起来这是什么味。

其二是，许三观的独白表演："今天是我的生日，我用嘴做菜给你们吃！"

这一段，堪称望梅止渴、画饼充饥的语言艺术的高峰：

我就给三乐做一个红烧肉。肉，有肥有瘦，红烧肉的话，最好是肥瘦各一半、而且还要带上肉皮，我先把肉切成一片一片的。有手指那么粗，半个手掌那么大，我给三乐切三片……我先把四片肉放到水里煮一会，煮熟就行，不能煮老了，煮熟后拿起来晾干，晾干以后放到油锅里一炸，再放上酱油，放上一点五香，放上一点黄酒，再放上水，就用文火慢慢地炖，炖上两个小时，水差不多炖干时，红烧肉就做成了……

他给许玉兰做了一条清炖鲫鱼。

在鱼肚子里面放上几片火腿，几片生姜，几片香菇，在鱼身上抹上一层盐，浇上一些黄酒，撒上一些葱花，然后炖了一个小时，从锅里取出来时是清香四溢……

然后，一如我们所预料，轮到给自己做的一道菜时，许三观做的是爆炒猪肝。

猪肝先是切成片，很小的片，然后放到一只碗里，放上一些盐，放上生粉，生粉让猪肝鲜嫩，再放上半盅黄酒，黄酒让猪肝有酒香，再放上切好的葱丝，等锅里的油一冒烟，把猪肝倒进油锅，炒一下，炒两下，炒三下……炒到第四下就老了，第五下就硬了，第六下那就咬不动了，三下以后赶紧把猪肝倒出来。这时候不忙吃，先给自己斟上二两黄酒，先喝一口黄酒，黄酒从喉咙里下去时热乎乎的，就像是用热毛巾洗脸一样，黄酒先把肠子洗干净了，然后再拿起一双筷子，夹一片猪肝放进嘴里……这可是神仙过的日子……

这一段实是整篇小说的精髓。用热毛巾洗脸比喻黄酒下喉，并不算雅驯，但出自许三观之口，就格外正确。他的红烧肉做法——先煮后炸、文火慢炖——不炒糖色，是很江南的做法；清炖鲫鱼与炒猪肝亦然。

这份苦中作乐的劲头,是整本小说的灵魂所在,是许三观一路卖着血,克服一切困难的核心精神。

跑个题。

类似许三观这样的用嘴说吃,描述家常菜做法,算是劳动人民的悠久习惯。

老年间的相声评书里,格外爱见缝插针,形容吃的。比如刘兰芳老师的《呼家将》里,形容呼延庆吃鸡蛋烙饼;《杨家将》里,杨宗英吃折箩,都是细致入微。

陈荫荣先生的长篇评书《兴唐传》里,那就更热闹了:秦琼教罗成吃摊鸡蛋饼、鸭油素烩豆腐、醋溜豆芽、大碗酸辣汤;程咬金安排诸位兄弟车轮战杨林,让诸位好汉吃牛肉汤泡饭加烙饼卷牛肉;自己去吃霸王餐时,强调拆骨肉多加葱丝、炸丸子汁儿单拿着,杓里拍、锅里扁、炸得透,老虎酱、花椒盐,另外带汁儿,炸丸子三吃。

——隋唐好汉们,当然吃的不是这个,明摆着,这就是近代京津唐百姓日常向往的美食,是曲艺行老先生们自己的日常生活。只这样罗列在段子里,让听书听相声的老百姓也过过干瘾。

为啥多是家常菜呢?因为您对老百姓们描述龙肝凤髓

怎么做，大家没感觉；非得是吃红烧肉、炖鲫鱼、爆炒猪肝这些我们吃过的、见过的、知道味儿的东西，才能有共同的体验。

这才显出许三观那句"黄酒从喉咙里下去时热乎乎的，就像是用热毛巾洗脸一样"，何等的出色。

——这比喻高雅吗？未必；喝个黄酒吃个炒猪肝就是神仙过的日子吗？不一定。

但出于许三观之口，就格外真实，是许三观说得出来的话。是余华在小说序里所谓"语言的美妙之处"。

吃海明威

欧内斯特·海明威爱吃什么呢?

《老人与海》里,圣地亚哥老头在海上,对付文学史上最有名的大鱼时,吃自带的金枪鱼充饥。老头吃鱼的过程,海明威写得很细:

从鱼脖颈到尾部,割下一条条深红鱼肉,塞进嘴里咀嚼,吃时觉得这鱼壮实、血气旺盛,不甜,保留着元气;临了还想:

"如果加上一点儿酸橙或者柠檬或者盐,味道可不会坏。"

细节写得如此精美,海明威对海味,是挺有研究的。

海明威自述的《流动的盛宴》里说,年轻时,他独自一人在巴黎馆子里写东西;写完一段,就叫一份还带着海腥味的牡蛎,配白葡萄酒,犒劳自己。

姑且不论他是不是要扮硬汉,但海明威爱吃生鲜海味,确实一目了然。而他的文笔风格,奉行他出了名的冰山理论:简洁质朴,至于极点。

真是文笔与口味,相得益彰,都是走不加矫饰的新鲜路线。

海明威1899年生在芝加哥,童年有相当一段时候,在湖边农家度过。所以他从小就喜欢旅行,喜欢野生动物,喜欢打猎钓鱼露营。

他上高中时,在体育课上得心应手,拳击、足球,样样都来。胃口也大。骨子里,他是个健壮的食肉动物。

高中毕业后,海明威在《堪萨斯星报》当记者。这经历对他影响深远。后来接受《巴黎评论》采访时,海明威说,在《星报》工作,"你得学着写简单的陈述句,这对谁都有用。新闻工作对年轻作家没害处,如果能及时跳出来,还很有好处"。

他说他写作的唯一的技术问题是:找到准确的词。他很讨厌大作家亨利·詹姆斯那类浩繁的小说,自称讨厌"电话簿一般厚的小说",讨厌一大堆形容词。

但海明威又很喜欢《战争与和平》这个大部头,因为托尔斯泰描写战争场面无与伦比——我们都知道,托尔斯泰自己是真有从军经历的,因此才写得格外细切。

　　文学史一向爱说,海明威以冰山风格著称。具体表现在,他非常在意自己的描写是否真切,他习惯很早起床写作,他每次写不下去时,就"写下你所知最真实的句子"。如果他写得过于雕琢,就回头都删掉。这些都是他当记者时培养起来的能耐。

　　故此,海明威很擅长精确描写自己看到的一切。他写过某次,在巴黎某咖啡馆里,看到一个美女,他想:我看到你了,美人,你现在属于我了,无论你在等谁,无论我是否还能再见到你。

　　《百年孤独》作者加西亚·马尔克斯,身为海明威的大拥趸,后来跟《纽约时报》夸过:海明威看到什么,什么就属于他,他能将之描写得栩栩如生,成为他故事的一部分。

　　许多人都说,作家要靠灵感,但海明威觉得,应该依靠纪律,应该依靠稳定。他就像个运动员一样要求自己。他说,身体健康,经济宽裕,对写作是有帮助的。

　　如此,海明威就像一个军人、一个渔夫、一个体力劳动者一样,认真对待写作。

　　他试图用科学的、规律的方法维持自己写作的状态。他擅长用照相机一样的能力细切描绘场景。

他自己,又是个热爱大自然的食肉动物。所以海明威笔下的食物,也如他的文风一样:轻快、精确、真切、明晰、直截了当。

当海明威写美国时,笔下人物吃的,就是很地道美国的东西。

比如短篇小说《杀人者》里,故事发生在芝加哥附近。两个杀手进餐厅,问老板要烤猪腰肉,搭配苹果酱和土豆泥——很地道的美国中部吃法。

但当时餐厅里,只有火腿蛋、培根蛋、猪肝加培根和牛排——这也是当时美国许多馆子的习惯:没到饭点,就只有简单的蛋菜提供。火腿、培根这些都是现成的,搭配鸡蛋,足够的蛋白质,很解饿。芝加哥的传统饮食风格,根植于工人阶级,一向是量大管饱、肉厚份大。

海明威的另一个短篇小说《拳击手》里,拳击手和照顾他的一位先生,一起吃野餐:也是吃火腿加鸡蛋,这里写得很细:用热锅烫出火腿油,用来煎蛋,也搭配面包吃。有滋有味,虽然简单,但的确适合体力劳动者。

海明威在巴黎度过青年时期时，饥饿常与他为伴。为了省钱，他常靠一杯牛奶咖啡撑到下午。他会哄妻子说，有人请他吃午饭，然后自己跑去卢森堡公园，饿着肚子晃荡两小时，回家去对妻子描述说，自己午饭吃得多么丰盛。

那时海明威25岁，还长着一副重量级拳击手的身材，实在很是辛苦。他也只好安慰自己：饥饿能磨砺感官。很多年后，海明威总结：

"我发现我笔下许多人物都是胃口好、讲究吃、渴望吃的人物，他们大多数还渴望着喝一杯呢。"

大概因为，他经常饿肚子吧。

大概因为少年时在湖边度过，海明威很爱吃鱼。小时候在芝加哥，他吃自己捕捞的鳟鱼。在巴黎，他吃整条炸来的鲕鱼——按他描述，这鱼肥美肉甜，口感细腻，胜过新鲜的沙丁鱼，他可以一次吃一盘，连骨头一起吃掉。他也爱吃牡蛎和墨西哥蟹。在威尼斯，他吃龙虾蜊蛄汤：的确是爱吃海鲜。

所以他后来会跑去古巴，过岛上生活，吃大马哈鱼和金枪鱼度日，也不是偶然的。

最体现海明威风格的，还是本文开头提到的那段：年少时在巴黎,他写完一段小说,就犒劳自己:点十二个葡萄牙牡蛎和半瓶店里的干白葡萄酒。他喜欢带有浓烈海洋腥味与微微金属味的嫩肉,被冷白葡萄酒洗去后,只余下海洋的味道与多汁的口感;他会就着酒的清爽口感,吸掉每个牡蛎壳里冷冷的汁液。

这时的他不过二十来岁,但已经远远映照出三十年后,在古巴那个热衷于钓鱼的老海明威了。

比起吃来,海明威似乎更在意喝酒。

在咖啡馆写作时,他会空腹喝酒;吃犒劳自己的牡蛎时,他会配干白葡萄酒;吃炸鱼时,他要配密斯卡岱葡萄酒;吃墨西哥蟹时,他搭配雪莉酒。

在《流动的盛宴》中,海明威如此描述自己在巴黎某次独自用餐:

我要了一升装的大杯啤酒,以及土豆色拉。啤酒冰凉,喝来宜人。油酥土豆坚脆入味,橄榄油也喷香。我磨些黑胡椒在土豆上,用面包蘸濡了橄榄油。先来一大口啤酒,然后慢悠悠地吃喝。吃完之后,我又点了份油酥土豆,加了盘熏香肠。这香肠看去像牛肉香肠对半劈的,覆着特制芥末酱。我用面包将盘里的油和芥末酱蘸得干净,慢慢喝啤酒,到凉劲过去了,喝干这杯,再要了半杯,看酒倒入杯中,好像比大杯啤酒更凉。我喝了一半。

虽是在巴黎,但他还是喜欢地中海风味的橄榄油、美国式的熏香肠,以及啤酒。

骨子里,他始终是个生猛的男子。

很多年后,海明威回忆起美国作家格鲁德·斯泰因在巴黎的家时,绘声绘色地描述了酒:

紫李子、黄李子与野莓制作的天然蒸馏利口酒,这些醇香透明的酒装在雕花玻璃瓶里,倒在小玻璃杯中,尝着都有其果子本味:李子味或覆盆子味,最后化成你舌尖的一团火焰,令你温暖,令你放松。

他自己承认:喝酒与吃饭一样自然,对他而言,还是生活必需——他无法想象自己吃一顿饭却不喝点葡萄酒、苹果酒或啤酒。他喜欢所有的酒,除了甜酒或太烈的酒。

所以他跟斯科特·菲茨杰拉德俩人去里昂旅行时,出过这么档子事:他俩开车回巴黎,途中买了一只喷香的松露烤鸡,一些美味的面包,配马孔白葡萄酒——路上还买了四瓶。

两个醉汉一路喝着葡萄酒,开车回巴黎?搁现在不可想象,这就是酒驾啊。

但这大概就是海明威:

他的肠胃一辈子都大,他一辈子都保持着美国中部青年、一个士兵、一个运动员、一个渔夫的口味。虽然在巴黎待了多年,他却喜欢鱼、海鲜、橄榄油、土豆、香肠,喜欢吃肉,后来又喜欢了西班牙海鲜饭和威尼斯海鲜汤。

他还喜欢喝酒,凶猛的酒。他跟第一任妻子哈德莉去奥地利雪山过冬时,也是疯狂喝酒:喝淡啤酒、黑啤酒和新酿葡萄酒,有时也喝一年陈的葡萄酒,外加山谷里特产的樱桃酒,山龙胆蒸馏的恩琪安烧酒。他们甚至买上几桶红酒,带去滑雪。

最后,如上所述,海明威喜欢吃粗犷的食物,但也不是没有细腻的一面。

比如,他与哈德莉在雪山时,晚饭有时能吃到罐焖野兔:浇一层丰美的红酒调味酱。有时能吃到栗子酱兔肉。

很多年后,海明威想起自己辜负了哈德莉——某个冬天,他与第二任妻子搞在了一起,一度将哈德莉独自留在雪山里——还痛悔不已。

在小说《方丹的葡萄酒》里,海明威写方丹:

有一回他打死了一只野兔子,他要我用酒做调味汁来烧兔子,用酒、黄油、蘑菇和葱一股脑儿调制的黑调味汁来烧兔子。天哪,我真的做成了那种调味汁,他全吃光了,还说:"调味汁比野兔子更好吃。"他那地方的人就是这样。他吃了不少野物和葡萄酒。我呀,我倒喜欢土豆,大腊肠,还有啤酒。啤酒不错。对健康大有好处。

这里提到的、葡萄酒调味的炖兔子,是他与哈德莉在那最后的幸福冬季,在雪山上吃到的。

土豆、腊肠、啤酒,是他在巴黎与哈德莉一起度日时所吃的。

那时他已经离开了巴黎,但海明威记得一切。一如他著名的小说《乞力马扎罗的雪》,可以看作是他巴黎生活的半自传描述似的,海明威后来小说所写的一切吃食,都或多或少,是他当年的情绪映照:他的爱,他的记忆,他的幸福与他的痛悔。

巴尔扎克和大仲马

众所周知,巴尔扎克是个野心勃勃的胖子——大雕塑家罗丹为他做的不止一尊雕像,都在强调他横扫千军睥睨天下的气度,以及他的壮硕肚腩。

毛姆认为巴尔扎克是史上最好的小说家,但也认定他品味低俗、欲望澎湃。

当然,这对小说家而言不是坏事:巴尔扎克的独一无二处,就是他一针见血的洞察力,以及滔滔江河般的句式。

在 1799—1851 这半个世纪的人生里,日常生活中的巴尔扎克,是出了名的爱赊账,爱预支稿费,以便疯狂消费;写完了翻脸不认人,另找出版商,今朝有酒今朝醉。

按照安卡·穆尔斯特恩的描述,1836 年,不朽名著《高老头》出版后,37 岁的巴尔扎克因为点小事被捕了。坐牢期间,他让巴黎最昂贵的馆子维弗尔给他送饭。他的出版商来探监时,发现他的工作台、床、椅子、整个地板,高高堆积着菜肴、火腿、果酱，以及一篮又一篮葡萄酒。

他的朋友莱昂·戈兹兰说，巴尔扎克看到满桌佳肴时，会兴奋地颤抖，大笑着仿佛一枚炸弹，整个儿融化在喜悦中。

他会一口气吞下一百个牡蛎、四瓶葡萄酒、十几片羊肉——仅仅作为前菜。他也会要一份塞满肉和鱼的意大利面作为热身，继之以盐烤羊肉、萝卜炖鸭、烤鹧鸪。他吃梨子简直没个够。

众所周知，巴尔扎克写作期间极为自律，日程表如下：每天凌晨一点起床，穿睡袍写到八点，睡一个半小时，从九点半写到下午三点半。三点半到六点半，见朋友、洗澡、出外吃饭，然后从六点睡到凌晨一点。

这期间，他会疯狂喝咖啡，但他其实还搭配大量水果——新鲜的，糖渍的，都有。

他的吃喝与创作，都是如此澎湃凶猛。

比巴尔扎克小三岁的大仲马，也是个胖子，而且也很能吃，很懂吃：大仲马可出版了一本千多页厚的《美食词典》呢。在美食艺术上，大仲马的贡献多过巴尔扎克：19世纪中期，正是法国大餐成形时节。除了卡雷梅这种当世名厨——这位先生确定了德国汁、白汁、西班牙汁和天鹅绒汁制法，出版了《法国厨艺艺术》——之外，美食评论家也很要紧。

大仲马在此过程中，不只如巴尔扎克般身体力行地狂吃，还大搞美食的理论建设。论起饮宴，大仲马还在巴尔扎克之上：他自己写过《基督山伯爵》，夸耀各色豪富生活，晚年也时不常亲身组织与小说里类似的宴会，过一把基督山伯爵的瘾。

但在他二人笔下，吃食又不同了。

巴尔扎克是史上屈指可数的现实主义小说家，写得毫发入微，仿佛真人真事。

我们都知道他小说常见的规律：善良的角色多是绵羊般的圣徒，人生路上总要挨饿狼撕咬几口。怀有天真情绪的青年，一定会被社会上一课然后变成冷酷大亨。经历许多尔虞我诈，忘了年少时的誓言，变成一个又一个哼着歌给亲友写信要手段的白眼狼。

为什么巴尔扎克写混蛋可以写到形形色色，写善良的人却往往千篇一律呢？

——可能因为他自己的私生活也不太善良。毕竟出版商们说他言而无信，情人们指责他见异思迁，甚至母亲也认为他忤逆不孝、自私自利。这么一想，巴尔扎克与他笔下那些枭雄,比如夏尔·葛朗台、伏脱冷以及千万在"人间"沉浮的算计者,有着深深浅浅的类似。

也许因为,巴尔扎克自己进过法学院,跟诉讼代理人和公证人干过实习,非常熟悉民事诉讼流程。他见过了太多人渣与丑事。所以在伟大的《人间喜剧》里,对种种金融投机和法律程序了如指掌。他笔下最丰富多彩的,就是各色贪婪的金融吸血鬼,以及办事员的日常生活。他明白生活的残忍与现实,故此更乐意当一个及时享乐的文豪。

这份对现实的了解,在巴尔扎克笔下,也极为写实。

比如《夏倍上校》里,政府事务所里吃面包、干酪、猪排,味道比较腥臊;主管则有热巧克力喝:当时的巧克力,还不太流行如今日的固体吃法,而更多作为热饮存在。

乡下的羊啃食葡萄藤上的叶子,家猫舔舐乳酪:连动物吃的都细写到了。

用现在话说,巴尔扎克写小说,真是有生活。

巴尔扎克最著名的小说,自然莫过于《高老头》和《欧也妮·葛朗台》:前者发生在巴黎,后者发生在外省。

《高老头》里,经营膳宿公寓的伏盖太太,地道的巴黎小市民。发现自己被骗了钱后,第一件事便是想法子在公寓里找补，吩咐手下：以后公寓的小菜里，不要加泡菜和腌鱼了，以便节省开支。一个细节，便见性格。

又说她对大学生客人很是勉强，因为觉得他们吃面包太多——用中国人的概念，大概就是嫌来吃食堂的人"吃饼太多"，或者，"吃米饭太多"。

——法国人对面包的感情，很是复杂。面包师的良心，对每个乡村地方，格外重要。所以以往村里的神父，往往每周专门腾出一天，负责聆听面包师的忏悔告解。

巴尔扎克那个时代，软面包即 brioche，会比一般面包额外加鸡蛋或黄油，奢侈点的还会加白兰地，来让面包更轻软、精致、丰满又温柔。所以当时法国人觉得：普通的面粉酵母盐水做出的法国面包，才能培养出勤劳工作的农民；软面包代表着游手好闲的公子哥儿，都带着软面包一样软趴趴的个性。

说回伏盖太太的公寓。她家在面包上抠搜，供应的咖啡也放乳脂：那是从房客的牛奶上撩下来的，真是精刮计算，一点不漏。午饭是羊肉加番薯，很典型的法国炖菜。《高老头》的男主角欧也纳·拉斯蒂涅，一个大学生，也就用面包夹羊肉片吃。牛羊肉在 19 世纪的法国，烹饪法子不同。大概牛肉更多烤吃，不妨带点血丝，羊肉，尤其是小羊肉，还是得炖上几个小时才好。

公寓的饭后点心是煮熟的梨子：因为19世纪，巴黎能吃到的梨，大多既不太甜，也不太软。所以当时吃煮熟的梨，容易入口些——有钱人家会多加糖，但那是高一级的甜品了。

就是在这样的环境里待惯了的男主角欧也纳，去见识过了上流社会生活后，回来一看，便觉得公寓里诸位房客们在公寓饭堂吃饭，仿佛马厩里群马食槽一般。众所周知，《高老头》描述了狠心的贵妇人女儿与受穷的慈爱老爹传奇。这组现实分明的对比，就是为了小说服务的。

所以《高老头》开头那段，巴尔扎克敢效仿莎士比亚，来一句"一切都是真实的"。就是在饮食上的对比足够真实啊。

类似的对比，在传奇的《欧也妮·葛朗台》里，写外省居民的吃食，更细致了——尤其因为，巴尔扎克笔下的葛朗台，是文学史上最卓越的吝啬鬼之一，所以写他的吃食，更得纤毫毕现。

巴尔扎克开头就明写，葛朗台身为城里富豪，却极吝啬：

不买肉，不买面包，全仗佃户送鸡、鸡蛋、牛油和麦子。麦子送去他出租的磨坊里磨了做面包，好省点钱。果树丰收时，佃农把果子拿去喂猪，葛朗台老爹就吩咐女仆拿侬：

"吃呀，尽管吃。"

葛朗台要吃肉，也靠佃户送，妙在他老人家因为吝啬，百无禁忌，连乌鸦肉都吃。当女仆提醒他"乌鸦吃死人肉"，他就反驳："我们人就不吃死人吗？不也吃遗产吗？"

所以之后，女主角欧也妮，背着她的吝啬鬼老爹，招待巴黎来的俊美表弟夏尔时，才显得趣味十足：欧也妮自己是外省长大的乡下姑娘，不懂巴黎的风潮，只顾拿砂糖，想让表弟喝杯糖水；招待表弟吃早饭时，跑去找女仆拿侬，想要她做些千层饼，拿侬却被吝啬鬼老爹限制着，拿不出木柴、面粉和牛油来。

葛朗台老爹切面包时，小气得很，还说些"巴黎人简直不吃面包"的歪理。拿侬问了句特别有趣的话，"他们只吃酱吗？"——意指那些只吃酱不吃面包的娇气小孩。巴尔扎克这里插了句话，"凡是小时候舔掉酱留下面包不吃的，都懂这个"。这句话格外有生活气息，简直让人觉得巴尔扎克自己小时候，也是这么个嘴刁的孩子。

葛朗台老爹吝啬劲发作，勉强给拿侬一点面粉和牛油，让她好做千层饼，却还念叨："你得给我们多做个果子饼，晚饭也在烤炉做，就别生两个炉子了！"真是抠搜得精确至极。千层饼很费油与面粉，果子饼就好些，而且生一次炉子做两个，的确省柴火。对家里不缺水果的葛朗台而言，的确是最合算的糕点。

欧也妮心爱着表弟，背着爸爸，给表弟预备了梨子、葡萄、鸡蛋、白葡萄酒、面包。表弟不知人间疾苦，吃得自由自在。结果葛朗台老爹回来了，大怒，"猫儿上了房，耗子就在地板跳舞啦！"让表弟莫名其妙，全然不知这份简单的餐点，已是表姐能筹措的极限。

老爹收起了糖，还对夏尔说什么"加点牛奶，咖啡就不苦了"。抠门到这种地步，真也是写来细致神奇了。

——说到咖啡与糖的关系，多说一句。按咖啡在欧洲的传播方向，大致是东向西。1530年，大马士革就有咖啡馆了；1554年前后的土耳其伊斯坦布尔，奥斯曼帝国的人管咖啡叫"黑色金子"。当时土耳其人喝苦咖啡，配椰枣，以甜搭苦，才咽得下去。

1672年，巴黎新桥（Pont Neuf）才有了自己的咖啡馆；又过一百来年，咖啡才进入千家万户。法国人和意大利人没有学土耳其人那种喝法,却发现用牛奶和糖,能让咖啡柔顺好喝。卖膀子力气的劳动人民,会一口苦咖啡下去就去做事;但凡有点余裕的,都乐意加糖加牛奶。好比老舍先生小说里骆驼祥子手头宽点时,就忍不住想茶里加点糖,一个道理。

——为什么葛朗台老爹宁可加牛奶,不让加糖呢?因为他们乡下地方,牛奶是不缺的;糖却是另一回事。拿破仑与英国对垒期间,糖一度是禁运品,导致糖价极高,老爹舍不得啊。

就这么一个咖啡不肯加糖,就显得葛朗台先前这锱铢必较的抠门劲,很到位了。

妙在巴尔扎克实在写得精细又逼真,让人觉得这种抠门是可信服的,全在这一点点非常生活化的细节描写上了。

这就是巴尔扎克的秘诀:

一针见血的洞察力,以及复杂的细节铺陈。这两者综合的说服力,营造了无数卓越的角色。

同样是写吝啬鬼,大仲马就是另一样风格了。

大仲马的《三剑客》里,舒服惯了的火枪手波托斯,去到吝啬鬼戈革纳尔律师家吃饭。

律师先大呼,说来了盘诱人的浓汤,波托斯却只看见一盘浑浊的汤，飘着点孤岛般的面包皮。

然后是白煮老母鸡：瘦得可怜，裹了厚皮，真是鸡窝里好容易找来的、正要寿终正寝的一只鸡。律师吃了鸡爪，夫人吃了鸡脖子和鸡头，波托斯吃了只翅膀——然后鸡原样撤下去了！

再便是一盘蚕豆，摆了几根羊骨头。

最后是葡萄酒：蒙特勒伊产的劣酒，还要大家兑水喝。波托斯懒得兑水，直接把劣酒朝嘴里灌喝，律师老头看得心疼，不住叹气。

妙在律师老头最后还大呼：真是名副其实的盛宴啊！

比起巴尔扎克细致入微的写法，大仲马的情节，那就喜剧得多了，当然也夸张得多。

很简单：因为大仲马是个浪漫主义小说家嘛。

现在我们说起浪漫，很容易联想到衣香鬓影、美目流盼、灯红酒绿、佳偶天成、烛光晚餐、意外惊喜、满地铺开的蜡烛和突如其来的求婚。然而在19世纪的法国，感觉略微不同。

浪漫这词，法语 Romantique 罗曼蒂克，词根是法语词 Roman，在文学体裁而言，这个词特指各色小说。

话说1830年，维克多·雨果的名剧《欧那尼》上演时，他所代表的浪漫主义者，与当时的保守派正面对决。保守派们订了戏院包厢却不去，到了场也背朝舞台坐着，以表抵制；而浪漫主义者们——包括拉马丁、梅里美、乔治·桑、肖邦、李斯特这些当时年轻、普遍不到而立之年、后来名动天下的天才们，卫护在舞台周围，声嘶力竭为雨果叫好。雨果夫人说他们："狂放不羁，不同凡响……穿着各种样式的服装……羊毛紧身上衣啦，西班牙斗蓬啦，罗伯斯庇尔的背心啦，亨利第三的帽子啦……就是不穿当代的衣服，光天化日下晃荡。"

这些狂热的浪漫主义者，也包括大仲马。

雨果说：浪漫主义是绝对的真实，是绝美与绝丑、高洁与污秽的极端对比。像雨果著名的《巴黎圣母院》里，绝美的爱斯梅拉达、绝丑却绝对善良的卡西莫多、地位高贵却卑劣无比的副主教、俊美无比却庸俗不堪的孚比斯，自然对比鲜明。

作为浪漫主义终极信徒、一辈子造个痛快的大仲马，那写起吃的来，自然也是夸张华丽、跌宕起伏。

在达达尼昂三部曲的故事前两部《三剑客》和《二十年后》里,三剑客和达达尼昂虽然从没怎么阔过,但吃喝上一向舒服得很:他们经常得到喜剧般的好运,甚至因祸得福,饱的主要是口福。

比如,阿多斯曾被对手逼进了酒窖,却阴差阳错,在那里反锁了门,闭门自守,把酒店老板的火腿、香肠、葡萄酒吃干抹净。

比如,阿拉米斯一度以为自己失恋了,要出家当修士;等确认自己的情妇还爱着自己时,张嘴就要煎野兔肉、肥阉鸡、大蒜煨羊腿和勃艮第葡萄酒:哪怕他们当时穷得叮当响。

这就是他们豪迈爽朗、跌宕起伏的人生态度。

大仲马有两个情节,因为写得太有趣,金庸先生在其小说里,也套用过。

一是《二十年后》里,三剑客的跟班坐着船,想去船舱底偷酒喝,意外发现了大反派试图将船搞沉的阴谋,于是躲过了一劫——这一情节,金庸用在了《射雕英雄传》里:洪七公下船偷酒,发现了欧阳锋叔侄的奸计。

二是《基督山伯爵》里,大反派唐格拉尔被罗马强盗们抓了起来,让他挨饿:强盗们特意在他面前吃洋葱、吃鹰嘴豆烩肥肉,馋得唐格拉尔急火攻心。这个段子,金庸用在了《书剑恩仇录》里:红花会的诸位,在杭州六和塔,也这么饿乾隆皇帝。

大概为了致敬,连细节都类似:唐格拉尔和乾隆饿着肚子看人吃东西,都馋,都想到了葱炒羊肉。您看:无论怎么富贵的人,最后还是会对洋葱和肉这类味道浓郁的东西有兴趣。

大概这就是大仲马写吃的法子了:

充满了戏剧性,为情节冲突服务。

颇值得一提的是,大仲马应该非常喜欢南法普罗旺斯的浓郁口味。《基督山伯爵》里,主角唐泰斯的婚宴就喜气洋洋:新鲜的阿尔勒腊肠(题外话:阿尔勒就是梵高画向日葵那地方),鲜红耀目的龙虾,色彩鲜明的大虾,口味细腻的海胆,香美可口的蛤蜊。色彩鲜明,味道丰富。

后来大仲马描述马赛出身的卡德鲁斯自家厨房时,也强调:

"肉和大蒜的混合味、烤鱼香、浓郁的茴香。"

——这几点真是,准确地把握了法国南部风味的关键。

大仲马自己私下写过,当马车到普罗旺斯时,他不用看外面便知道了——因为闻到了健康、丰硕、活泼、健壮的大蒜味。熟悉法国菜肴的自然知道:将大蒜捣碎,与橄榄油拌上,是许多普罗旺斯菜的基本调味风格。蛋黄酱里加橄榄油大蒜,与干酪丝一配,往鱼汤里倒,就是著名的马赛鱼汤调味法。

同样是写外省饮食风味,大仲马就比巴尔扎克透着喜气洋洋多了。

但是,大仲马到底是个浪漫主义小说家。他最出色的地方,还是夸张的异国情调。

《基督山伯爵》里,为了炫富,无所不用其极。当日在岛上,基督山伯爵招待弗朗兹子爵,摆出来的是:

西西里的凤梨,马拉加的石榴,法国的水蜜桃和突尼斯的枣。烤野鸡配科西嘉乌鸫,野猪腿,芥汁羔羊腿,大菱鲆和硕大无朋的龙虾——这里的妙处不在于菜,而在于产地了:异国风情的食物,自带奢侈品特质嘛。

后来基督山伯爵的一次巴黎夜宴,更是夸张:他特意将伏尔加河产的小蝶鲛和富莎乐湖产的蓝鳗摆在一起,还放言说,这两样东西,实际上并不比鲈鱼更好吃,但因为这两条鱼基本不可能搁一起,所以才显得美味——毕竟小说里那是1838年,现代冷藏与物流技术还不存在,吃个海产比我们现在复杂得多。这样炫富,才真是匪夷所思。

如果您读上面这几段时,感受到了巴尔扎克式的朴实细切与大仲马式的华丽夸张对比强烈的话,那,您大概初步感受到,现实主义和浪漫主义的区别啦。

村上春树是个吃货

村上春树的英文读者写过一个段子,说村上春树的小说,如此构成:

16.67% 奇怪的梦境 +4.17% 耳朵 +12.5% 做饭 +25% 猫 +8.33% 古典乐 +25% 分裂的姑娘们 +8.33% 爵士乐。

我们自然可以补充几句:还该有性爱,有威士忌,有奇妙的比喻……但的确,颇有道理。

村上春树的早中期小说,大体可归纳如下:

一个不合时宜的、守旧的、怀念着早年故乡海滩风景和故友的、不喜欢大城市现实主义冷酷面貌的、性格独立的、爱耍冷幽默的主角,试图对抗一个黑暗的、现实的、狡猾的、庞大的、吞噬时光的、带有死亡阴影的、填海造陆把一切美好旧时代事物吃掉的、资本的、暴力的、消费主义的大家伙。

他笔下的主角,大体上总是那样子:一个不介意孤独的主角(如果不是少年或少女,至少总保持着少年心),自得其乐但也不以此为傲的，过着自己的平静日子。

他常让主角抱着这么种让人愉快的、客观平视的架势：

"我是个普通人，大体只能用普通的眼光看世界，并描述世界的细节。"

这种轻快与细致，很容易让读者觉得很自在，不会每次翻开书就紧绷着弦，"我要多了解一点世界，把这些知识都背下来"——他当然会偶尔提到些世态风景，但他给你传达的感受更多是：

"世界上奇怪的人与事真多呀！——当然村上自己也是个奇怪的人哈哈哈！"

所以喜欢读村上春树的人，大概是这样的：

不介意自己一个人待着，能用简单的生活方式给自己找乐子。

对大多数事情，保持着这样的态度：

"好吧，这事不太让人高兴，不过就这样吧，生活不就是这样的吗？"

村上春树笔下主角对抗无趣的方式，是过一种独立有趣的生活。所以相当多的村上春树读者，喜欢他的小说，是乐意体验一种"村上春树笔下人的生活"：

读书,听爵士乐、古典乐及老年代的美国流行乐。

找到一个非常靠谱且养猫的酒吧老板,或者一个爱讲冷笑话的朋友,或者其他能言善辩的朋友。

找一份收入不那么高但有充分空闲的工作。等着某一个或几个或男或女但多少有些话痨的有趣朋友到来,一边跟你喝点饮料或威士忌,一边跟你说自己的故事。

当然,还有吃东西。

毫无疑问,村上春树是个大吃货。

他的小说里,随时在聊吃。作为主人公的"我",经常没事吃个三明治、开个凤尾鱼罐头、配点儿牡蛎、来个卷心菜沙拉。

随笔集《大萝卜和难挑的鳄梨》,索性就用两种食物做题目,开场第一篇,就是聊怎么吃蔬菜;之后滔滔不绝地念叨:凯撒沙拉、油炸牡蛎、寿喜烧……诸如此类。

这么写当然是有目的的。

众所周知,村上春树的小说,对生活充满了精雕细琢的描绘。

被《巴黎评论》采访时,村上春树说自己的工作是"观察人与世界，但不去加以判决"。的确村上春树的小说，极擅长渲染画面感。表现在技法上，就是大量的意象陈列：商品的牌子、爵士乐队的名字、电影、书籍、乐曲、葡萄酒、威士忌……——罗列之后，就能够营造出细密逼真的生活场景。

他写饮食，写人下厨的动作，很容易勾勒情景氛围了——他描述的电影或乐曲，我们不一定能感同身受；但写饮食，最容易将人带入氛围中。

《海边的卡夫卡》里，有一段如下，写中田老人给司机星野做吃的。中田从冰箱里取出鸡蛋、青椒和黄油来，然后：

洗净切好青椒，炒熟；鸡蛋打进碗里，用筷子打好，拿出煎锅，用训练有素的手感做了两个青椒煎蛋，盖上面包片，加上热茶，一起端上桌来。

星野大为钦佩，中田只谦虚地回一句，"我一个人住久了，习惯做这个"。

生活气息、人物性格，几句话中就扑面而来了。

再便是，在村上春树的小说里，食物与人物性格息息相关。

比如，《听风的歌》中的鼠，本身多少有些嬉皮，身为日本人，却喜欢吃糕饼切块，上面浇可乐——听着就很奇怪，但人物性格也出来了。

在《舞！舞！舞！》里头，食物是极为重要的性格道具。《舞！舞！舞！》里，男主角"我"身为离群索居的自由撰稿人，几乎是在用一己之力抵制消费主义。当他遇到雪——被双亲疏于照顾的小姑娘——之后，给雪弄些靠谱的食物，就成了主角的任务之一。

比如，主角问雪吃了啥，雪回答"KFC、麦当劳、DQ冰淇淋"。一连串都是商业快餐牌子。于是主角带雪去吃全麦面包烤牛肉三明治，外加一杯牛奶。牛肉柔软多汁，蔬菜新鲜，"这才像样"。

之后，跟雪打电话时，他绘声绘色念叨自己的三明治配方：

"烟熏鲑鱼搭配纯粹的莴苣和切薄片的洋葱，在冰水里浸凉，刷上芥末和辣根，放进烤箱里烤得的法国黄油面包。来自天堂的三明治啊！"

后来，主角接待他的朋友、被商业化搅到头晕脑胀的演员五反田时，也是家常小菜，信手拈来：

大葱与梅肉拌了，撒上木鱼花；裙带菜和虾用醋拌了凉菜；橄榄油、大蒜和意大利腊肠炒了土豆，羊栖菜和豆腐加生姜做了菜，最后还用海菜、梅干和裙带菜做了茶泡饭。

五反田大赞主角生活得有滋有味，比外面强多了。

大概，这也是村上春树颇为自得的一点：他笔下的人物，都挺擅长在冰箱里寻摸点剩菜，就地做点什么。不妨说，他笔下的主角，多是用日常自制新鲜小菜，对抗外面商业社会的成型快餐。

这也算一种隐喻：他的主角，就在这种信手拈来的生活中，自由自在自得其乐。

顺便聊聊菜式风格。

《挪威的森林》里头，生活得热情洋溢的姑娘小林绿子，是个下厨能手。初次请主角吃饭时，她能同时调理四样菜，最后端给主角吃的，是地道关西清淡风味：醋渍竹荚鱼、厚蛋烧、西京渍、煮茄子、菜汤、洒了芝麻和萝卜干的玉蕈饭。

须知当日故事背景在东京，口味一向浓甜。所以衬得绿子这一桌关西风，清新爽洁、明快潇洒，如其性格，格外鲜活。

之后主角陪绿子去医院看她病重的父亲，看老人家吃不下医院给的奶油菜汤、剁碎蔬菜、去骨鱼之流。主角自己正吃黄瓜——用海苔卷了，蘸酱油咔嚓咔嚓吃起来，还自鸣得意"质朴新鲜，生命力的清香"。于是弥留中的绿子父亲看得也有食欲了，吃了一整根黄瓜。

海苔酱油黄瓜这点子质朴新鲜生命力，与绿子本身的气质，包括她所做的关西风味清爽菜，风格也甚为契合。

村上春树的小说《世界尽头与冷酷仙境》里，主角最后要离世前一天，跟女伴去吃了一顿意大利餐。次日早上，做的最后一顿早饭如下：

冰箱里拿了番茄焯水去皮，切了蔬菜和大蒜，加入西红柿，煮了香肠；将白菜和辣椒切成沙拉，烤了法式面包，预备了咖啡，这时候叫醒女生，女生感叹：闻起来好味道。

——番茄和大蒜，常见于意大利菜式和法国普罗旺斯风味；这顿饭整体做法，很地中海的感觉。

大概可以这么总结：

村上春树爱吃的风格，在日本而言，就是关西风的清爽，醋腌凉拌菜居多；在欧洲而言，他喜欢地中海风味：海鲜、番茄、大蒜、沙拉和葡萄酒。

《挪威的森林》,他是在希腊米克诺斯岛写起,到意大利写完的,1980年代后半段,他许多时间在意大利度过:这么想来,也就不奇怪了。

结合他小说里喜欢独居的男性形象,这种做菜风格,也算是一种生活写照。

村上春树在短篇小说里,不止一次写到一个173公分高的男性,在婚后胖到了72公斤,然后靠跑步减到了64公斤。

众所周知,村上春树年过而立开始跑步,然后常年保持64公斤左右的体重,所以这段描写,显然是他自己的经历。这个数字如此精确,让人不免想象,他每次自己称重时一本正经的样子。

在《在所有可能找见的场所》这篇小说里,某男婚前体重还正常,婚后被困在婚姻生活里,每天吃老婆做的黄油枫糖煎饼,吃胖了。后来他失踪了一段时间,找回来时,体重减了十多公斤。

显然,那吃黄油枫糖煎饼带来的额外体重,象征着庸碌琐碎的婚后生活。

大概在村上春树笔下,那些味道沉重的菜式,与肥胖、琐碎、无趣的日常生活是挂钩的。反过来,他笔下,主角们喜欢的地中海饮食和清淡的日本关西饮食风格,他经常念叨的白葡萄酒和牡蛎,以及他漫长的数十年跑步经历,最后和他笔下的男主角生活风格相辅相成:独居、清爽、自得其乐、有滋有味、不至于发胖、与世俗格格不入。

跟他的小说风格,也是息息相关:众所周知,村上春树在日语小说家中,风格偏清爽明快,不是很传统范儿的。一如他笔下的菜式似的,清爽明快。

村上春树的小故事里,也常用食物作为隐喻。比如,《抢劫面包店》和《再袭面包店》里,面包和麦当劳是重要的道具;《奇鸟行状录》里妻子找茬吵架,由挑剔食物开始——类似不一而足。

比如,他不止一次拿甜甜圈逗乐。甚至还有自己的女朋友和妹妹变成甜甜圈的故事,动不动就说"我们甜甜圈的存在就是空虚的……"

比如,他将自己的写作比喻成"意大利面工厂",说写作就是控制沸水温度、放盐、设定定时器。

最刁钻的一个比方,则是这样的:

1983年,村上春树的一个短篇里,写某个公司在征集点心创意,赢家可以得一笔大奖金。"我"便去参加了,临了发现评委们是一群"只肯吃正宗点心"的瞎眼乌鸦,而且会为了点心是否合乎标准,撕扯起来,打得血流成河。于是"我"就离开了,自言自语:点心只要自己吃着满意就行了,就让乌鸦们自己厮打就好了。

不言而喻,村上春树在以此嘲弄文学评论界。

所以他跟日本文学界关系不那么好,也不用奇怪了。

后来在《大萝卜和难挑的鳄梨》里,他还半开玩笑地说,情人众多的法国小说家西梅农,虽然没能如愿获得诺贝尔文学奖,但其情史也名垂史册。反过来,"三年前的诺奖得主是谁,谁还记得呢?"

其实是"点心只要自己吃着满意就行了,就让乌鸦们自己厮打就好了"的另一种说法。

商业社会里的报菜名

欧·亨利有个小说,讲了这么个故事:

一个普通的纽约姑娘,每年会攒点钱,分期付款,买上昂贵的衣服,穿上了,去某个豪华酒店,假扮贵妇,住上一周,过足贵族的瘾。然后回归日常,继续踏踏实实生活。

她在酒店里遇到了另一个仪表堂堂的青年,俩人很投缘。到要分别那天,这姑娘人实诚,跟青年说了真话:她就是个普通少女,"我以为你有点喜欢我……而我,我喜欢你"。

到要分别了,她说真话了。

青年听罢,不动声色地说,其实他也不是啥大人物,就是个商店收账的;他也是到这个酒店,假扮贵族过瘾的;巧在那姑娘分期付款的账款,就是他收的……

这个故事以欧·亨利式的温情喜剧结尾:俩人约了,回到平民生活后,下周末要去约会,疑似两个人要开始一段美好的平民爱情了。

大概,欧·亨利大多数时候,会给勤恳但有点小虚荣的青年男女一点希望，挺温情的。

妙在小说里，描述豪华酒店之出色，便说那酒店烹的鲑鱼胜过白山饭店的厨师，海鲜能让名厨嫉妒，鹿肉能让猎场看守人垂涎。

最后一顿饭，侍者端来冰块与红酒——那还是20世纪初，制冰还没今时今日这么方便，所以冰也算奢侈品。

美国原住民的饮食，多以鱼为主；后来被英国人殖民，饮食一度走英国与爱尔兰风格；美国独立后，成了民族大熔炉。就以纽约而言，英国风的各色馅饼，中欧犹太人喜欢的香肠，很是流行；又因为美国东部没英国那么热爱小麦，谷物多用玉米代替，故此又别有风情。到20世纪初，商业化极热闹后，食物也就自然分了等级。

而这种商品列举的做法，还挺欧·亨利的。或者说，20世纪的美国小说家，还真就喜欢列单子似的，划分等级。

还是欧·亨利，其不朽名篇《警察与赞美诗》里，主角是个流浪汉，企图借着吃顿霸王餐的机会，既饱了肚子，又顺便去监狱过冬。这顿霸王餐，理想的菜谱是：烤野鸭、夏布利酒、卡门贝干酪、一小杯咖啡和一根雪茄。

——烤野鸭所在多有，倒不一定有门类；夏布利酒却是法国勃艮第产的名酒，用夏多内葡萄酿就，优雅的酸味，多用来搭配海鲜；卡门贝干酪是法国诺曼底的干酪，外坚内软，风味独特。这两样搭配算标准法式吃法。饭后一杯咖啡一根雪茄，也是当时阔佬专享。由此可见，在20世纪初的纽约，还是法餐比较贵。

可惜这顿霸王餐没吃成，就被领班给赶出来了。大概纽约的法餐餐厅领班也是目光如炬，看人极准，看出主角不是善茬。

于是主角退而求其次，去个小店，大吃牛排、煎饼、炸面圈和馅饼：这就显然很美国民间了。据说最早的炸面圈，可以追溯到荷兰移民在纽约开店，煎饼馅饼之类也很英国。这么一顿霸王餐吃下来，很是顶饱，而且不太贵，人家也懒得叫警察：把主角摔出去了事。

欧·亨利很懂得利用菜式的价格，体现高低。

《爱的牺牲》里，一对怀抱艺术理想，希望在纽约成名的小夫妻乔与德丽雅，过着那年代典型纽约年轻人的生活。德丽雅的理想是成为名演员，甚至可以耍大牌，看票没卖满座就拒绝登台，自己窝起来吃龙虾。

而现实的生活中，他俩的人生慰藉，是晚上十一点时，吃的一顿奶酪三明治。理想的龙虾与现实的奶酪三明治，映衬得很明白了。所以当他俩各自以艺术为名，出去挣了点外快后，迫不及待地要庆祝：吃牡蛎！炸牛排！

——说到牡蛎，莫泊桑的名小说《我的叔叔于勒》里，自勒阿弗尔往泽西岛的游船上，就有卖牡蛎的。对富人而言小菜一碟，对中产阶级而言，的确是一点小小的奢侈了。

——像《没有结局的故事》里，欧·亨利写一个纽约姑娘，每天早饭煮杯咖啡带个鸡蛋；星期天摆阔，去餐厅吃一顿小牛肉和油炸菠萝馅饼，划掉二毛五，外加一毛小费——她一周房租是2美元。

怀抱理想的年轻人，精打细算地过日子，这就是20世纪初的纽约了。

话说美国人对海鲜的喜爱，部分原因是殖民地多是东海岸，靠海，产海鲜。所以诸如缅因大龙虾之类，一向很有名。中西部的人，吃口就是另一种风格。比如《艺术加工》里有个画家叫克拉夫特，西部来的，喜欢"腌牛肉肉末炒土豆泥配水煮荷包蛋"：对中西部平野广漠、牧业发达的所在，的确这么吃才正常。他的情敌来自阿拉斯加，爱吃的是"炖牛肉和蜜桃罐头",果然也是北派风情。

欧·亨利小说中最完整的菜单,是《菜单上的春天》一篇。女主角在城市工作,男主角在农场。俩人曾以蒲公英定过情。女主角回了纽约后,给一个餐厅当打字员,每天打新的菜单。

到了春天时,猪肉从主菜中取消,变了烤肉和芜菁作伴——这就是追求爽快的口味了。

牡蛎也没人吃了,多了羔羊和馅饼——美国人一向觉得,羊羔不算重口味。

油腻的布丁消失了,香肠和荞麦与糖在一起做最后挣扎——总而言之,一切都在清爽起来。

多了蔬菜:胡萝卜、豌豆、烧芦笋、谷物、豆煮玉米,以及剧情安排男女主角重逢的蒲公英和煮鸡蛋——这还是20世纪初,冷藏运输还没那么发达,纯粹是体现美国当时农业的发达。值得一提的还是:美国人学英国饮食,但又没那么喜欢小麦,所以玉米吃得多。

话说,这份如商品名单列表的小说叙述法,欧·亨利用得很是熟练。

读着读着,仿佛逛百货商场,画面感跃然目前了?

等等,没完呢。

比欧·亨利晚近三十年,在《夜色温柔》里,斯科特·菲茨杰拉德如是写妮可尔买的东西:

她买的东西有:彩珠、折叠式沙滩座垫、假花、蜂蜜、客用床、各种皮包、围巾、情鸟、洋娃娃的微型家具、三码虾红色新布等。她还买了一打游泳衣、一只橡皮鳄鱼、一套镶金象牙棋子、送给埃布的一些亚麻布大方巾、两件赫尔墨斯牌麂皮甲克(一件翠鸟蓝、一件耀眼绿)——她买这些东西并不是像名妓买内衣和珠宝一样,一是为了穿戴打扮,职业需要;二是为了存些体己为日后生计着想。她购买东西完全是出于另一个截然不同的目的。

这种商品式罗列,不经意间,将妮可尔的性格描绘了出来。

与欧·亨利式的罗列,颇有相似之处?

在著名的《了不起的盖茨比》里,也有类似的剧情。盖茨比在他那蓝色花园里,夜夜笙歌地摆开场面。

每周五,五箱橙子和柠檬运来被榨成汁;自助餐桌上点缀着闪闪发光的开胃小菜,烤火腿、色拉、糕点、猪肉和火鸡成了深金色,酒吧里藏有杜松子酒和利口酒。

《了不起的盖茨比》里出现的酒,有威士忌、香槟、杜松子酒、鸡尾酒;他们也喝茶,也喝柠檬汁和麦酒。

所以,美国作者,都喜欢这么罗列商品吗?

仔细想来,这样的清单式罗列在小说中出现,其实可以算作一种对物质社会的反讽。塞缪尔·贝克特在《土豆》中,如此描述女主角。您不妨将此看作,他对将一切物化、商品化的嘲讽:

头　小而圆

眼　绿色

肤色　白色

头发　黄色

五官　丰富多变

颈　13″

上臂　11″

前臂　9″

极推崇菲茨杰拉德、自己也被日本评论家认为很是美国风的村上春树，在1988年出版的《舞！舞！舞！》里，多次嘲讽了所谓"高度发达的资本主义社会"。他对消费主义的嘲谑里，有这么一段：

"买了袜子和内衣，买了备用电池，买了旅行牙膏和指甲刀，买了三明治做夜宵，买了小瓶白兰地。哪一样都不是非买不可，只是为了消磨时间。"

熟悉的读者自然知道，村上春树相当喜欢如此陈列牌子、歌名和商品。这其实有些滑稽：读者阅读虚构作品中的真实商品，反而能产生真实感，大概是因为，当代读者，的确被商品包围着吧。

还是《舞！舞！舞！》里，主角在警署做问答时，被迫罗列了自己生活的各色细节。自己重读时如是说：

"二百年后，这文章也许有风俗研究的资料价值。近乎病态的详细而客观的叙述，对研究人员想必有所帮助——城里一个34岁独身男人的生活境况，在眼前历历浮现。"

当然，这种实实在在的陈列，也能制造出小说的荒诞感。那就是《世界尽头与冷酷仙境》里那段了：

食量巨大的女图书馆员，吃掉了主角招待的碎梅干沙拉、炸沙丁鱼和豆腐、芹菜牛肉、水煮囊荷、芝麻拌豆、牛排、裙带菜鲜葱大酱汤、梅干米饭、炒香肠、马铃薯沙拉、裙带菜拌金枪鱼、巧克力蛋糕……

这一系列菜名给人极真实的画面感，而当这一切被一个人全吃掉后，荒诞而魔幻的喜剧场面就出现了。

这比"她一口气吃掉了十几个菜"，要鲜明多啦。

莎士比亚、狄更斯与奥斯丁

众所周知,莎士比亚很善于描绘反派:他笔下某些邪恶人物对欲望直白的描述,可能会让有道德洁癖者不愉快。

他也不总是提供大团圆,不给出因果报应、善人得好报的结果。不止一位学者认为,《李尔王》里,善良的寇狄莉亚之死,令人无法接受。18世纪后有段时间,英国有些剧团甚至集体抵制莎士比亚的官方结局:许多演出团队会擅自改动莎士比亚的剧本,会给《李尔王》安排个喜剧结尾。

但众人的意见,不妨碍莎士比亚写死他的主角们:哈姆雷特死了。李尔王死了。麦克白和奥赛罗都死了。布鲁图斯死了,安东尼和克里奥帕特拉被屋大维干掉。

托尔斯泰先生早年惊叹于莎士比亚的艺术,但年近八十,在他逝世前三年,托尔斯泰对莎士比亚甚为不满,如是说:

"莎士比亚的作品主题,充斥着最低劣最鄙俗的生活信念……视富贵的外在显耀为荣耀,蔑视劳工大众……抛弃宗教,也抛弃了人道努力……他的戏剧迎合上层阶级非宗教不道德的心智……莎士比亚的作品只是为了取悦讨好观众,不可能表现生活的教诲……"

大概在托尔斯泰看来,莎士比亚不是一个好道德老师?

莎士比亚身处的时代很特殊。他二十四岁那年,即1588年,英国海军打败了西班牙无敌舰队,从此开始英国的海洋帝国之路。那时英国人信奉航海文明,推崇大胆的英雄:比如弗朗西斯·德雷克这样的冒险家。他们推崇野心、哄骗、威胁、利诱、勇敢、残忍。他们相信财富,相信证据,相信事实。

这样一个时代,莎士比亚创造出了他自己的世界:他剧中那无数性格各异,无论正邪都魅力十足的人物。莎士比亚很乐意描述笔下人物的欲望。麦克白有他的野心和私欲;伊阿古有他的阴谋诡计;李尔王宠爱女儿到偏执的地步;哈姆雷特则沉湎于自己的思绪。是这些欲望制造了冲突,塑造了人物。

这种极端对比的欲望,也表现在饮食上。

莎士比亚写饮食,可以很粗犷,带有传奇色彩。比较吓人的,比如《泰特斯·安德洛尼克斯》中,拉维尼娅被侮辱后，还被割去舌头和双手。为了报仇，祈伦与蒂米斯被杀死了，被煮成了肉饼，由他们的母亲吃了——这就是莎士比亚的黑暗恶趣味。

比如《安东尼与克莉奥佩特拉》里，就提到个传说：吃早饭，十二个人烤了八头野猪——那是古罗马时代，烤野猪还真算是佳肴，也很符合克里奥帕特拉们的奢华做派。

也有体现当时英国人姿态的，如《亨利五世》里有段对白。元帅嚷嚷道：

"一点不错，一点不错！有些地方，人跟狗就很相像，他们也会把灵性丢给了他们的老婆，自己就没头没脑地向你冲过来。你给他们牛肉——那最了不起的好东西，再给他们刀和枪，那他们就会狼吞虎咽，会像恶魔般拚命打一仗。"

奥尔良则回答："啊，可是这些英国人连牛肉都没得吃了。"

大概在莎士比亚这里，凡夫俗子的英国人，就是见肉眼开吧。

这也不奇怪：亨利五世那会儿，什么肉食都珍贵；对许多士兵和水手而言，别说有牛肉了，就算是风干的腌牛肉，都算是个宝。

这里得多说一句:英国由于畜牧业算发达,所以对牛肉确实有特殊爱好。以至于后来他们还搞出了牛肉浓缩汁保卫尔,畅销了很久;以至于很长时间里,英国人对鲜味的理解,就是牛肉——就像日本人的鲜味,来自于昆布与鲣节似的。

妙在《亨利六世》里,阿朗松也把英国人和牛肉挂钩:

"英国佬都是些贪嘴的家伙,爱的是菜汤和肥牛肉。你得像喂骡子一样饲养他们,把草料拴在他们的嘴上,不然的话,他们就同淹死的老鼠一般,垂头丧气。"

当然,吃牛肉是英国人粗豪的一面。在另一个角度,莎士比亚也可以写得很细致。

还是《亨利四世》里,法尔斯塔夫宣布:

"真正的勇士都变成了管熊的役夫;智慧的才人屈身为酒店的侍者,把他的聪明消耗在算账报账之中;一切属于男子的天赋的才能,都在世人的嫉视之下成为不值分文。"

——这是朱生豪先生的翻译。原文的"不值分文"是 not worth a gooseberry,"连个醋栗都不值"。

欧洲人普遍喜欢醋栗,比如,法国人说波尔多的赤霞珠葡萄酒,就有醋栗味儿。英国人更热爱醋栗:毕竟他们纬度高，养得活的水果少。醋栗能在英国南部长得好，对他们而言就算珍贵了。话说莎士比亚那时代，流行一种醋栗布丁：醋栗与薄荷搭配，做出来的甜品。

说到甜品，另有两个好例子。

一是《温莎的风流娘们》里，提到有种叫 posset 的甜品：那是糖、鸡蛋和白葡萄酒做成的布丁，用龙涎香来调味。龙涎香提取自鲸，也就是英国这等海洋民族对这玩意熟悉。

再便是《冬天的故事》里，小丑说，希望有点儿藏红花，好点缀自己的梨饼——原文是 warden pie，是都铎王朝时期流行的一种饼：用 warden 地方的梨子搭配盐、肉桂、梨子、黄油、柠檬汁做的。

值得一提的是，藏红花盛产于葡萄牙，当时伊比利亚半岛习惯拿来调味：比如经典的西班牙海鲜饭。吃藏红花调味的梨饼，对英国人来说，就算是很有地中海风味，很异国特色了。

这两边一掺和，莎士比亚笔下，17 世纪英国饮食的姿态也就出来了。

从粗犷的一面看，广大的英国人民想吃肉，想饮酒，尤其是牛肉；有牛肉就能满足饕餮的欲望，豪迈地走人生路，走向航海生涯，为英国开疆拓土。

从细致的一面看，贵人要吃醋栗，要吃梨饼，要吃布丁，搭配龙涎香、藏红花这些奢侈的香料——小部分原因是，英国不像地中海沿岸，新鲜香料与水果都丰富，所以格外依靠香料、乳制品（黄油）和面粉做东西吃。

时光跳转二百年，来到另两位英国大师的时代。

查尔斯·狄更斯先生，明显是个老饕。他的小说《圣诞颂歌》里，出现过这么一桌：

堆积在地板上的火鸡、鹅、野味、家禽，大肘子、猪肉、香肠圈子、肉糜馅饼、李子布丁，桶装牡蛎桶，热栗子、樱桃红的苹果、多汁的橘子、甜美的梨子，巨大的十二个蛋糕和潘趣酒……

看着琳琅满目五光十色，但您细看：主要还是肉、馅饼、水果。

很豪迈，很粗放，虽说不算精致，但架不住丰盛热闹啊！真有这么一桌，别说吃了，看着都舒心啊！

在《雾都孤儿》里，则有这么一段：奥利弗被招待了一碗粥。须臾之间，他就把粥吞了——原话是"粥消失了"。

因为奥利弗被饥饿所苦，顾不得别的，喝完一碗，他起身，拿着勺子和碗，直截了当跟主人说：

"先生，我还要。"

这份急不可耐，这份抛却一切尊严，对食物的虔诚与热爱，真是活灵活现。

在小说《远大前程》里，则有这么精致的描写：姐姐为主角和乔分配面包时，刀上抹了不多的黄油，以药剂师的手法抹在面包上，用刀的两面灵巧拍打，将黄油在面包皮上擦好，然后才切开。

——这段描写，是只有专心看人在面包上抹黄油的人，尤其是，曾经饿着肚子眼巴巴盼望着面包快来到手里的人，才写得出来的。

狄更斯自己，因为父亲的债务，早年就接触过底层生活，15岁就去法律事务所当了见习生，20岁时是个速记员。您可以想象在最终闯出来之前，他挨了多少饿，吃了多少苦。这些经历使他写得出《雾都孤儿》，使他写得出英国普通人民的酸甜苦辣，也写得出抹面包的细节、喝粥的匆迫，写得出《圣诞颂歌》中，炖锅里细微的响声。

另一方面，狄更斯和巴尔扎克一样，写起文章来山呼海啸。他可以同时写《雾都孤儿》和《匹克威克外传》这两本书。他跌宕起伏的文风和夸张的笔调（许多评论家认为算是他的缺点），与他富有传奇色彩的故事相合，才写得出那仿佛幻觉一般的火鸡、鹅肉、肘子、香肠、布丁、十二个蛋糕……我们不妨想象，他描写这一切时表达的满足感。

饿过的人，一定都懂这种感觉。

比狄更斯稍早一点，简·奥斯丁的笔下，同一个英国，又是另一派作风了。

简·奥斯丁有一种精致的幽默感。纳博科夫说简·奥斯丁有一种"笑靥式的轻嘲"。妙在不动声色。

在《傲慢与偏见》里，班纳特太太请彬格莱先生来赴宴，是所谓"家庭宴会"。

那时节英国人吃一般宴席，惯例两道主菜。第一道摆在搁案板上：汤、鱼、烤肉、馅饼、炖菜、炖肉——总之，口味偏咸。吃完第一道，吃第二道：水果、坚果、蜜饯这类甜点。

班太太宴会之后，便自鸣得意，自称大家都夸她的鹿肉烤得好，汤也调理得好，还提到达西先生（本书的格调代表），说达西先生也认为自己做菜做得好，再赶紧补白，说达西先生可起码有两三个法国厨师呢！——这一番话，自然而然，便将班太太俗气浅薄的得意姿态，描绘出来了。也从侧面显了出来：19世纪初，英国人已经承认法国厨师的优秀了。

班太太这里，这大概就是当时英国乡绅夫人的典型姿态：自己庸俗肤浅，孜孜于经营宴会、营造贵族幻想，觉得自家已经可以媲美法国厨师并引以为豪；招待宾客，试图嫁女儿。班太太后来还会强调食物的美味与食材相关，还关乎时令，念叨"在庄园里射猎"，俨然这才是贵族应有的姿态。

这份姿态，就不是狄更斯笔下那些普通英国人民的生活了。

在《爱玛》里，爱玛夫人会为了邻居食物里没有冰（那会儿还没有冰箱，有钱人得靠冰屋来提供冰块），然后蛋糕烤得糟糕，便大为不满。之后还会提到诸如羊肉、鸽子派与草莓等等。当时的社交宴会需要吃扇贝牡蛎和苹果派。各种松饼、茶、咖啡与蜜饯，更是接连不断。

法国学者丹纳先生在《艺术哲学》里，有一句话：

"英国小说老是提到吃饭，最多情的女主角到第三卷末了已经喝过无数杯的茶，吃过无数块的牛油面包、夹肉面包和鸡鸭家禽。"

我总觉得，这段话像是在揶揄奥斯丁笔下的人物。

在丹纳先生的论断里，越是欧洲南方，比如古希腊艺术，越清爽明快；越是北方，比如荷兰，艺术越复杂繁丽。他将此归结于地缘与气候。道理虽未必科学，但莎士比亚的风格的确对比鲜明风格强烈，这点托尔斯泰和黑格尔都是承认的。

于是莎士比亚笔下，出现了17世纪英国人生命力旺盛的粗豪吃法，以及细密的宫廷点心。他笔下英国人粗豪平民的那一面，后来在狄更斯的小说里体现；细密精致的那一面，则在奥斯丁的小说里铺排开来。

毛姆后来在哪篇文章里说过句话，大意是：恰好因为英国人太需要吃东西了，所以才有那么琐碎的宴席饭局大小茶会，于是才衍生出英国式的饕餮胃口，以及英国仕女们琐碎的社交礼仪。

大概，对狄更斯们笔下的普通英国人民而言，饮食是热量，是饱腹，是谋生的激情。

而对奥斯丁笔下的英国太太小姐们而言，奥斯丁一直在轻柔地揶揄她们，揶揄那些琐碎的饮食规矩、喝不完的茶、赴不完的宴。

这两者加起来，就是19世纪英国的味道了。

《荷马史诗》中的吃

希腊是个什么样的地界呢?

这个海洋国家,临海多山。空气新鲜,阳光灿烂,海水蔚蓝。可供眼睛观览的,远胜过土地出产的。

古希腊人不重视(也没法重视)房居与衣服。一张床几个水罐便是家,一件单衣便可以出门,苏格拉底除了宴会时都不爱穿鞋子。一点橄榄、葡萄和鱼就够他们补充热量。

古希腊全盛期,公民在户外活动,在广场谈论,在剧场听演唱,锻炼身体,思考哲学,散步,出海。

土地不肥沃,所以他们不爱耕作,必须航海,终于殖民地遍及整个地中海。

地缘决定了他们的思想与倾向。他们灵活、能说会道、开朗,但不喜欢按部就班,喜欢群山分割的城邦里过小日子,不喜欢大帝国。

典型的希腊英雄,是阿喀琉斯与奥德修斯。前者为了荣誉不惜面对命中注定的死亡,是冷兵器时代的豪杰;后者是地道的现实主义者,机灵多智,谎话张口就来,精通航海与各种知识。

就是这样的土地上,诞生了《伊利亚特》与《奥德赛》。

托尔斯泰在 1870 年如是说:

"犹如充满阳光的泉水,其中的沙砾只让水显得更为清澈。"

《伊利亚特》中,不止一次描写了下面的场景:各位国王英雄们,都在祭祀时吃烤肉:

扳起祭畜的头颅,割断它们的喉管,剥了皮,剔了腿肉,用油脂包裹腿骨,包两层,把小块的生肉搁在上面,由老人把肉包放在劈开的木块上焚烤,洒上闪亮的醇酒。

年轻人则握着五指尖叉,把所剩的肉切成小块,用叉子挑起来仔细炙烤后再吃。

祭祀完神后,英雄们自己吃。

——古希腊人相信,神闻个香味儿就行了。所以祭完了神后,满足食欲的,终究还是人。

吃的时候,他们还得唱歌,以平息众神的情绪。

当然也得喝酒——但这里值得多提一句:

古希腊人喝葡萄酒，往往兑水喝。他们是将酒当作饮料的，而非拿来买醉、喝到酩酊大醉满地呕吐的。

这饮酒吃肉的做派，实在豪爽。甚至这烤肉法子，可以看作后世旋转烤肉的先声。

哪位会觉得：这吃得也太直白了——没错，对古希腊式的英雄而言，支撑史诗剧情行进的，是欲望。

阿喀琉斯想要不朽，墨涅拉俄斯想要老婆海伦回来，阿伽门农想要至高的权力，奥德修斯想快点结束特洛伊之战好回故乡伊塔卡，诸如此类。

而对英雄们而言，"满足了吃喝的欲望"，很重要。

所以大战一天后，埃阿斯与赫克托耳打得不分胜负。为了奖励埃阿斯，"统治着辽阔疆域的英雄阿伽门农"，是这么做的：

"将一长条脊肉递给埃阿斯，以示对他的尊褒。"

听上去很质朴原始，但这就是公元前一千年的古希腊。

英雄们满心大愿，但也乐意饮酒吃肉。对他们而言，营棚边宰了肥牛，喝了醇酒，就算是快活的了。

至于脊肉，也值得一提：因为那个时代肉食如此珍贵，所以不同部位的、出在不同动物身上的肉，都有讲究。

《奥德赛》末尾，奥德修斯回去伊塔卡岛，被老厨子献了肉：当时来跟奥德修斯的太太求婚的那些人肆无忌惮，已经吃光了所有小猪，于是奥德修斯只好吃难啃的老猪肉，是所谓"奴隶吃的肉"。

可见古希腊，肉也分等级。

《伊利亚特》里后来，阿喀琉斯他们几位英雄，自己私下吃东西，比祭祀要吃细一些：

阿喀琉斯的亲戚帕特洛克罗斯搬起一大块木段，近离燃烧的柴火，铺上一头绵羊的和一头肥山羊的脊背，外搭一条肥猪的脊肉，挂着厚厚的油膘。

然后阿喀琉斯麾下的奥忒墨冬抓住生肉，由阿喀琉斯亲自动手肢解：仔细地切成小块，挑上叉尖。

等木柴烧完后，余烬铺开，悬空架出烤叉，再撒上食盐——这么看来，他们是用余烬慢烤，而非明火燎灼的。这种烤法，如今美国德克萨斯也很流行。

烤完了肉，肉块装盘，帕特洛克罗斯拿出面包，阿喀琉斯则分发烤肉。大家连吃带喝，高兴得很。

奥德修斯于是赞颂："祝你健康，阿基琉斯！我们不缺可口的美味，无论是在阿特柔斯之子阿伽门农的餐桌前，还是现在，置身于你的营棚中。我们有吃喝不完的酒肉！"

大概，对英雄们而言，有酒有肉，就算过瘾了。

后来赫克托耳死后，他的妻子安德洛玛刻大哭，说到孩子时，便说："我的阿斯图阿纳克斯！从前，坐在父亲的腿上，你只吃骨髓和羔羊身上最肥美的肉膘。"——身为特洛伊城的王孙，表示尊贵，也就是骨髓和肥羊膘吧。

看着有点朴实得过分，但这就是《伊利亚特》的直白了。

当然，除了肉，还有点别的。

在古希腊其他故事里，会提到洋葱、大蒜、萝卜、生菜、卷心菜、芹菜甚至黄瓜。只是在《伊利亚特》与《奥德赛》里少一些。

有学者提过，这里有两个原因。其一，对那时的古希腊人而言，蔬果不像吃肉，需要现杀现烤、献肉给神来祭祀，所以吃蔬果不像大块吃烤肉，没那么有仪式感，不值得英雄们专门折腾一番。

其二，《伊利亚特》是战争时期，《奥德赛》则是奥德修斯的远航冒险，这两种情况都不是家居状况，所以吃新鲜蔬果，大概，不像在城邦或农庄里那么自在？值得边吃边唱？

嗯，说到边吃边唱了，这就得说了：

古希腊人最理想的情景是什么呢？

《奥德赛》里，海妖塞壬唱歌，描述了让水手们心醉神迷的情景。据说他们认定，最美丽的场景是夏日，有竖琴伴奏，桌子成排，堆满了烤肉（又是烤肉！）与葡萄酒。

您大概注意到了，除了肉和酒，还有一个元素：

聚众。

大概对古希腊人而言，聚众宴会这种形式，本身就很重要吧。按照古罗马的许多说法，古希腊人饮宴，不像古罗马那么狂吃之后，吐了再来；他们吃饱了肉，就会喝着酒高谈阔论，弹奏竖琴，吟唱传奇。英雄们当然觉得满足吃喝欲望很开心，但更重要的是"一起吃"。陶罐艺术上，许多画面都记录下了：古希腊人倚靠在长椅上，懒洋洋地听奏乐、看舞蹈，聊天、吃喝。

后来史学家普鲁塔克说过："我们不只是坐在桌边吃东西，我们一起吃东西。"

《我的叔叔于勒》的牡蛎

不知道您是否也有类似的经历。

反正我知道牡蛎这种玩意,是因为中学课文,莫泊桑的名小说《我的叔叔于勒》。

情节我们都知道:唯利是图的父母,在游船上看见人吃牡蛎了,想吃;发现剖牡蛎的老头,就是他们日思夜想、指望其衣锦还乡的于勒,于是不肯相认;主角去付牡蛎钱,多给了点小费,还要被吝啬的母亲絮叨。

聊聊这个情节。

小说里吃牡蛎,2法郎半,主角给了3法郎。

莫泊桑1883年8月7日写完这篇小说。故事讲述人Joseph Davranche,说的是自己年少时的往事。那么这3法郎还比1883年要值钱些。

3法郎是啥概念呢?《基督山伯爵》里,1838年的基督山有上亿资产;《欧也妮·葛朗台》里,欧也妮最后接近两千万法郎资产。但那是真正的大富豪。

1860年，法国平均工资，男一天2.76法郎，女1.3法郎。
1891年，男4法郎，女2.2法郎。
3法郎，差不多一个法国男人一天的收入，一个法国女人两天的收入。
所以小说里，主角爸爸提议吃，主角妈妈却不舍得，也是有道理的：他俩收入差距在那儿摆着。很生动。

然而贵不贵，其实还不是关键。
莫泊桑在这里，写得很细致。
主角一家是勒阿弗尔小市民，先前一直在盼望于勒叔叔衣锦还乡。
题外话，勒阿弗尔在海边，是莫奈的故乡，也就是他画《印象·日出》的地方。
那地方产贻贝和牡蛎。

主角家大姐28岁，二姐26岁。家里为了婚事头疼。
终于有人来求婚了：一个公务员，没啥钱，但可靠。
主角也说，他认为这个姐夫肯决心求婚，是因为有天晚上,家里人给他看了于勒叔叔写来的信——大概,也是个向慕富贵的普通人吧?

家里迫不及待地接受了求婚,然后决定,婚礼后全家去泽西岛玩儿:那是穷人们去的地方——大概,也有钓住这个女婿,稳固感情的因素在。

全家平时都不太旅行,于是兴高采烈去了。

题外话:这个泽西岛 Jersey,就是美国新泽西对应的那个泽西。我们中学时读到的译本,按法语翻成了哲尔塞岛。

类似于 Wenger,法语翻成旺热,英语读作温格。

话说,这就是当时的旅途背景:

全家难得出门,不无硬撑面子的姿态,也好巩固新女婿对家里的信心。

于是来到了牡蛎段落。

忽然主角老爹注意到两位优雅的女士——嗯,优雅——和两位先生。

一个老水手用刀撬开牡蛎,递给先生,先生再递给女士。

女士优雅地用手帕接着牡蛎,吸进嘴里,很快地吸了汁儿,壳扔进海里。

主角老爹被这种行为吸引到了。

法语原文：

Mon père, sans doute, fut séduit par cet acte distingué de manger des huîtres sur un navire en marche.

"毫无疑问地，我爸被航程之中吃牡蛎这种高雅的行为勾到了。"

关键是 fut séduit par cet acte distinguéde xxx，译成英语就是 was seduced by this distinguished act of xxx。

重点不是牡蛎，是行为。

——老爹被这种摆阔行为勾引了，重点倒不在牡蛎本身。

法国人一直也会用乱七八糟的方式吃牡蛎，煎烤炸的都有。

生鲜吃法最贵：因为当时还没有现代冷藏技术。

开过牡蛎的诸位也知道，开牡蛎是要有点刀工的，反正我是开不好……

在岸上吃海鲜，和在游船上吃新鲜的海鲜，价格差异多大，出门旅游过的诸位，一定都懂。

如果在岸上吃牡蛎，对一个海边居民而言，大概贵还是贵的，但不一定吃不起。

但在出游船上，吃新鲜的牡蛎，而且风度潇洒，对一般小市民而言，就很拉风了。

打个不恰当的比方：诸位在自家门口小店吃份菠萝炒饭，和去机场餐厅吃顿菠萝炒饭，那价格得差多远？

妙在这趟旅行，本来就多少有炫富的意思。

现在吃个牡蛎，享受下上流社会虚荣感，还能乘机跟刚结婚的女婿炫富，进一步巩固感情，一举多得啊！

当时主角母亲出于现实考量，是反对的；主角的姐姐却赞成。毕竟对其中那位结婚的姐姐而言，这算蜜月旅行了，不得抓紧机会奢侈一把？

至于主角的爸爸，3法郎当然不便宜，但这趟炫富之旅，花3法郎就能充人上人，还能顺便拉拢女婿，是很合算的——大概这才是主角爸爸的真实想法吧。

所以他是这么问女眷们的：

—— Voulez-vous que je vous offre quelques huîtres ?

——你们想要我请你们吃些牡蛎吗？

老爹之前之后，说话都挺口语化的；就这句说得，稍微还有点拿腔拿调，不是"你们要不要吃牡蛎"，而是"你们想要我请你们吃些牡蛎吗"。

大概说这话时，老爹自我感觉，那是相当良好。

莫泊桑写得真是精确。

大概这就是当时的情景了。

一家向慕富贵的小市民，在招来（看了于勒叔叔的信才决定求婚的）女婿后，一起出游；看见有钱人摆阔吃海鲜，也想跟着摆阔。

牡蛎在这里已经不是重点了，重点是这份，其实并不富裕，但也想乘机跟风摆个阔的虚荣心。

所以结合之后的情节：

认出了于勒叔叔、知道（盼望中于勒衣锦还乡归来的）富贵无望，同时还面对着女婿呢，不能把家里的情况摊牌，于是执意不肯相认。

母亲之后还吩咐了重点：

Il faut prendre garde surtout que notre gendre ne se doute de rien.

绝对不能让我们的女婿起疑心。

是的，女婿才是这趟剧情的隐藏重点。

这个女婿是靠于勒的一封信才勾来的，这趟航程也（起码有一半）是为他安排的。千万不能出问题。

所以，无论是买牡蛎，还是不认叔叔，本小说关键词，都是与富贵相关的虚荣心。

牡蛎是剧情的起源，又是剧情的终点。

就像，同样莫泊桑著名小说《项链》的女主角，向慕的说是华服美食珍宝首饰，核心事件似乎是项链，但我们都明白，真正的命运关键词，是那份空幻的虚荣心本身。

吃《冰与火之歌》

《冰与火之歌》小说的妙处之一，在于其各色情节与现实欧洲历史的映射。电视剧版本《权力的游戏》里，也不断暗示着这些细节。按故事里的时代地理背景，大略可以投射到中世纪欧洲，大约15世纪的样子。

当然，小说与现实并不一一对应。比如原著里，维斯特洛大陆上大家吃土豆，南方的多恩还产胡椒，这在欧洲，得对应到大航海时代之后了——实际上，法国人到1760年代，还说什么"世上吃土豆的，只有猪和英国人"呢。

《冰与火之歌》的中世纪晚期特征，体现在以下细节里：

基本谈不到机械文明；医学相当有迷信色彩；有学城与学士，很像中世纪欧洲的经院哲学家与早年大学城，当然，还有封建领主制度，这玩意是最体现中世纪特色的。维斯特洛大陆上，一大堆领主封臣、宣誓和亲，让人眼花缭乱。小封臣向大封臣宣誓效忠，大封臣听国王的召唤，大家还要来回抢家族继承权:这些都算典型的封建特色。

小说里提及,当年征服者伊耿搞定七国,征服大陆,这个事件原型,自然就是英国历史上,1066年征服者威廉平定英国了。当然,细想来,维斯特洛大陆,更像是英伦三岛加上西欧,糅杂而成的。

且从最北说起。

北境长城是为七国最北,用来抵御异鬼与野人。这玩意的原型,明显是罗马的哈德良长城,用以抵御罗马人概念里的塞外蛮夷。当年罗马人占领英伦后,建立一百多公里长、五米来高的长城,抵御蛮夷,是为罗马西北国境。当然啦,哈德良长城跟剧里巍峨高耸、令人望而却步的北境长城相比,还要逊色一筹。

所以长城内外,吃得也很像英国北部。

长城外的野人,吃烤山羊,吃燕麦饼:烤肉不太需要饮食文明与厨房,燕麦什么地方都容易长。

长城的黑衣人兄弟,比野人稍微好些:吃猪肉派,吃黑布丁,吃煮鸡蛋,吃黑面包,吃香肠和培根。这些都很英国,确切说,很英国北方风味。黑面包麸皮重,糙,现在算健康食物,古代是老百姓吃的;黑布丁是猪血做的,凯尔特人的传统食物。香肠和培根也是腌制品，军中常用。

话说，因为长城冰天雪地，所以小说里长城的司令官也喝热香料酒：在酒里加丁香和肉豆蔻。这种喝法盛行于中世纪，既可以暖身，也可以让劣质酒的口味不那么糟糕。山姆离开长城时，在船上喝过烈性的火酒，感觉像是朗姆酒。

史塔克家所在的北境地区，单从地形来看，很像苏格兰或英格兰北部；但有两个细节，值得注意。其一，北境面积巨大，几乎抵上其他六国之和；又凛冬漫长，器物荒凉；兰尼斯特家的诸位，也分别承认过：北境几乎无法入侵。如此看来，北境的地位如此崇高，很像是苏格兰，掺和了一点俄罗斯。毕竟西欧世界对俄罗斯，历来是颇为忌惮的：瑞典的查理十二、法国的拿破仑和德国希特勒都入侵过俄罗斯，都被俄罗斯的广袤和严寒打出来了。拿破仑所谓"俄罗斯最厉害的，是冬将军"，小说里试图在北境搞事情的，也大多运气不佳；席恩一度占领过临冬城，然后被拉姆西活捉，硬生生蹂躏成了臭佬——北境都是战斗民族，不是闹着玩的。

既然是仅次于长城的北方，所以临冬城吃得也有些荒凉：小说里提到的，大概也就是牛肉和培根派。当然比长城要好些：临冬城几位史塔克的少爷小姐，能吃新烤的面包，吃炖肉，不用每天啃香肠和黑面包。珊莎作为大小姐，还能吃到柠檬蛋糕。在亚热带，柠檬俯拾皆是，现实中的希腊岛屿，柠檬树上掉的果子都没人管，但在古代的欧洲北方农村，柠檬真算稀罕物儿了。

铁群岛身为海盗，纵横北方，以不耕织不生产为家训，地道的维京海盗作风：原型显然就是斯堪的纳维亚半岛的诸部族了，所以也没提到什么特殊饮食。

河间地一带土壤肥沃，然而战乱频仍，你来我往，地势琐碎复杂，小领主横冲直撞，仿佛中世纪时莱茵河流域；三叉戟河，大概原型就是莱茵河。

小说里河间地的人，贵族多喝甜酒：很接近中欧的习惯；老百姓大多喝麦酒而不喝葡萄酒，居民大多粗壮，也很有中欧的感觉。

说到麦酒，值得一提：麦酒与现在的啤酒，都是麦芽酿的，历史书说啤酒最初出在两河流域美索不达米亚平原，流传到埃及：修金字塔的诸位，就喝啤酒抵抗烈日，克里奥帕特拉女王还用啤酒来洗脸。早先所谓啤酒，多是指艾尔啤酒，也就是麦酒；后来啤酒花加进去，才苦中带香，清新爽冽；

现代工业化的啤酒,那更是后来的事了。

在冰火世界里,老百姓在路边酒馆就喝点麦酒。包括猎狗这样剽悍的人物,也认为葡萄酒是姑娘喝的,自己要喝烈酒才爽。

河间地往南,便是王领君临,风貌近于德国中南部。这里的饮食,也就是风格显著的都城的贫民窟跳蚤窝,有提供名为"褐汤"的炖汤:汤表面有点油脂,里头都是大麦、胡萝卜、洋葱、芜菁和乱七八糟的什么肉,非常接近古代中欧人民的饮食了。贵族吃得,又好很多。珊莎在临冬城只能吃柠檬蛋糕,到了君临,就吃到过菠菜、香茅、李子、蜜饯和紫罗兰沙拉——这些植物,在北方大概是不太繁茂的。

多恩在《权力的游戏》剧中取景,是西班牙塞维利亚王宫;小说中多恩地处西南,书中描述多产胡椒与水果,男子风流,女子热辣,南国风情俨然,感觉也的确是葡萄牙和西班牙的合体,似乎还掺杂了一点墨西哥。小说中奥伯伦·马泰尔亲王的私生女叫沙蛇,显然是对应西班牙若干荒漠地区。奥伯伦在紫色婚礼上面不改色心不跳,吹嘘多恩风尚如何开放、私生女如何不被歧视,瑟曦听得满脸不爽,不妨看作是古板的英国人民侧目看狂放的拉丁民族：嘴上颇有微词，心里不免有些羡慕。

多恩原型既像是西班牙，饮食也很地中海风格：羊肉、葡萄叶、面包、白奶酪、橄榄和绿胡椒。喝的酒则是烈性葡萄酒夏日红，深红如血，口味极酸。的确都很符合西班牙乃至整个南欧的感觉。

谷地这地方，小说里所谓飞鸟难渡，几乎不可攻克，地在七国东南，地临狭海，一如阿尔卑斯山在西欧世界东南，濒临地中海。谷地的当家莱莎夫人，爱欲旺盛，跟小指头大人结婚当夜，嚷嚷得满山皆闻，这方面可能跟欧洲人对山区妇女的传说有关。中世纪时，欧洲人相信阿尔卑斯山区的女人都渴望爱欲。一个古代传说里，阿基坦公爵威廉曾经路过阿尔卑斯山，被两位贵妇在城堡里囚禁了一个星期，这期间威廉就靠吃大量的母鸡肉＋香料，来取悦这两位。所以小指头大人被莱莎夫人爱得死去活来，也算是情有可原吧。

河湾地农业发达，鲜花满路，人民浪漫活泼，这地方风情很接近法国。河湾地的关键所在高庭，大约等于现在的巴黎，百花骑士洛拉斯和克夫皇后小玫瑰玛格丽，都在这里长大，繁花似锦，贵气十足。

蓝礼当家的风暴地，很像是意大利：濒临狭海（地中海），航运业发达。风息堡可以看做是罗马。

相比起来，龙石岛就可怜巴巴，仿佛马耳他岛：虽然适合史坦尼斯这样的人出动兵力，却不出产什么；历史上，马耳他确实如龙石岛似的：是洋葱骑士这样走私贩子的乐园。

当然，越往南，越靠海，饮食风就越地中海了。像三姐妹群岛会做姐妹乱炖，里头放韭葱、萝卜、大麦、芜菁、螃蟹肉、奶油、黄油、藏红花——这很有法国南部与西班牙风味。

自由贸易城邦的原型，该是现实世界里地中海与波斯湾那些名港口：那不勒斯、威尼斯、巴斯拉等等。话说意大利没统一前，各城邦各管各的，名义上听教皇管，其实互相撕扯。文艺复兴时名雕塑家詹博洛尼亚，就是靠着佛罗伦萨跟隔壁城市打仗，自己给做雕塑描绘战况，从此一举成名的。米开朗琪罗还给佛罗伦萨和博洛尼亚设计过守城器械，对付教皇呢。港口城市大多都是区域自治、航运致富，互相独立又互通声气，大致如此。

九城邦里，最有名的是布拉佛斯，这地方的原型也明显：那就是威尼斯了。几个明显的相像点：

布拉佛斯有铁银行，而威尼斯是欧洲早期银行业开山祖师之一。一般公认1171年的威尼斯银行，是世上第一个近代银行。

艾莉亚那位剑术师傅西里欧，是布拉佛斯人。他教导艾莉亚的是水之舞——众所周知，威尼斯是水城，而且热爱舞会。

布拉佛斯浓雾弥漫，城市建立在水上，艾莉亚在剧中专门去码头卖牡蛎，地道的威尼斯风味。

刺客组织千面之神在布拉佛斯，人皮面具层出不穷。而如您所知：威尼斯是面具之乡。

所以艾莉亚在布拉佛斯港口卖牡蛎与蛤蜊，也是很符合了。

其他，像魁尔斯吃虾、柿子汤和香料酒，潘托斯吃甜鸭子搭配胡椒，又吃生姜糖，黄油大蒜配蘑菇：都是所谓地中海风味。

小说中龙母统治弥林大金字塔期间，曾经喝葡萄酒搭配面包，外加橄榄和无花果，尤其是她喝葡萄酒还掺水，特别地古希腊做派。弥林的原型带着埃及色彩，而埃及是深受古希腊文化影响的，所以这么编，也算是合得上。

如此看来，《冰与火之歌》系列，实在是个庞大之极的世界，与现实的世界有相似有不同，若即若离。可惜《权力的游戏》电视剧版没法将各地风貌拍齐全了，只能看个大概罢了。作者的野心可以在笔端随意展现，几句话就是一个国度风貌；拍电视剧要——还原呈现，那就辛苦得很了。

后 记

民以食为天。

在人类历史绝大部分时光里,食物是人类生活的核心。人类历史,也就为着食物旋转摇摆不定。

自然了,一切人类活生生的故事,都离不开吃。

我从小读书时,就专爱在书里找吃的——思量孙悟空给唐僧化来的斋饭是什么味儿,是不是还泛着锅巴香;看到林冲在山神庙喝冷酒吃牛肉,就想象那牛肉是什么做法。上学时看到孔乙己的茴香豆便浮想联翩,读到《我的叔叔于勒》中的牡蛎便想象其滋味,刘绍棠先生一篇《榆钱饭》虽是苦中作乐,却也读得口齿生津。

所以后来读《许三观卖血记》中,许三观绘声绘色,给孩子们描述如何做红烧肉、如何给自己做炒猪肝,用空想解馋时,我大有知己之感:

"原来这世上,不止我一个人爱望梅止渴,读书找吃的啊!"

因了这个习惯,我少时有点偏见:故事中写吃的段落好不好,经常意味着这故事是否靠谱。

文笔好的作者,自然能将滋味与食态描摹精妙;笔法虚浮的书里,写吃的场景也难免假大空。

还不只体现笔法。

对老舍先生的《骆驼祥子》而言,祥子身为一个求温饱的车夫,写饮食就是写尽了他的人生;对饮食起居皆见身份的《红楼梦》而言,饮食就是豪门日常生活的细节;对热衷虚构戏剧性场面的大仲马而言,笔下的饮食也是他五光十色异国风情的体现。金庸笔下郭靖请黄蓉吃的一顿值十九两银子的饭,可以是一段美好爱情的开始。马丁在《冰与火之歌》里描绘的各地饮食,让他创造的虚构世界更富有可信度。苏轼笔下的饮食是他四处贬谪随遇而安的心情,施耐庵安排鲁智深吃的狗肉和武松喝的酒,都是为了又一段跌宕起伏情节做铺垫。而村上春树更说过,他笔下各种细节描述(当然也包括食物),也可当做某个特定时代风俗史的一部分。

要将吃写好,不太简单。

毕竟对我们而言,虚构文本中太多脱离生活经验之外的段落，我们只好任作者编排，也不知他写得是好是坏；可是吃东西，写得对不对好不好，具体又好在哪里，却是一望而知，甚至能举一反三。从饮食细节上，读通一段文本，乃至一个作者的灵魂。

毕竟，我们不一定能洞悉每个作者的魔术技法，但吃东西，我们每个人都是吃过的。